KB172713

로드니 하워드 브라운 박사의

하나님의 만지심

Rodney M. Howard-Browne 지음 예영수 옮김

기름부음 받는 법

The touch of God

지성문화사

역자 서문

금세기가 낳은 하나님의 위대한 종

역자는 오래전부터 「카리스마」지를 통해서 여러 번 로드니 하워드-브라운 박사에 대한 기사를 읽고 국내 기독교 신문과 잡지에 소개하면서, 그는 금세기가 낳은 하나님의 위대한 종임을 알게 되었다.

1979년 7월 그의 나이 17세 때, 그는 영적 고뇌 속에서 하나님과 직접 만나는 깊은 체험을 하기 위하여 몇 시간이던 줄기차게 기도하면서 절규하기를 "하나님께서 여기로 내려와서 저를 만져 주시든지, 아니면 제가 거기로 가서 당신을 만지겠습니다"라고 했다. 그때 갑자기 성령의 불이 그에게 떨어져 머리에서 발바닥까지 불로 활활 타고 있었다. 그 불은 3일간 머물렀다. 그의 배에서 생수의 강이 흘러나오기 시작했으며, 억제할 수 없는 웃음이 터져 나왔다. 그리고 울다가 방언으로 말하기를 시작했다. 그 이후부터 엄청난 역사가 그를 통해 나타나기 시작했다.

그는 성령의 술에 너무나 취하여 어찌할 바를 몰랐다. 그는 '성령의 바텐더'로서 미국과 세계 사람들에게 '성령의 새 술'을 대접한다고 말한다. 그의 집회에 참석한 사람들은 성령의 새 술에 취하게 된다. 그리고 그는 고백하기를 "저는 천국의 전기 공급처의 플러그에 끼워졌습니다. 다른 사람들의 플러그를 하늘의 플러그에 끼워주는 것이 저의 소망입니다"라고 하였다. 그 때부터 그의 집회에 참석한 수많은 사람들은 성령의 불로 교회 마룻바닥에 쓰러져서 억제할 수 없는 기쁨의 웃음을 경험하게 된다.

1993년 봄, 플로리다주의 카펜터즈 교회의 칼 스트레이더(Strader) 목사는 하워드-브라운 박사를 초청하여 1주간 예정으로 갖게 된 집회가 4주 동안 계속하게 되었다. 그 집회에 참석하기 위해 아프리카, 영국, 아르헨티나 등지에서 수많은 사람들이 찾아왔다. 그 집회에서 2,200명이 세례를 받게 되고, 예배가 새벽 2시까지 계속되기도 했다. 스트레이드 목사는 28년 동안 그 교회에서 시무했으나 이렇게 은혜받는 부흥집회를 본 적이 없었다고 탄복했다. 그 교회는 하워드-브라운 목사를 3번이나 초청해서 집회를 가졌는데, 5개월 동안에 800명의 새 신자들이 등록하는 역사가 일어났다.

플로리다주의 리빙워터 교회에 시무하는 클라크 목사는 별로 마음 내키지 않았으나 스트레이드 목사의 강권에 못 이겨 그 집회에 참석하여 넘쳐흐르는 은혜를 받았다. 그 후 1년 만에 클라크 목사의 교회는 성도가 800명에서 1,500여 명으로 성장했으며 새 건물을 구입하여 교회를 확장하였다. 클라크 목사의 교회는 개종, 세례, 치유 등의 역사가 계속 일어나고 있다.

또한 클라크 목사는 성령의 권능에 압도되는 '토론토 축복'을 주도한 목사로서 기독교 영성운동에 세계적으로 새로운 장을 열게 된 큰 역할을 했으며 지금도 그는 세계 도처에서 기적을 통한 복음의 사역자로 활동하면서 중국 방문 선교 여행을 통해 중국의 실상을 세계에 전하고 있다.

1993년 하워드-브라운 박사는 플로리다 카펜터즈 교회에서의 4주 동안의 집회에서 2,200명이 세례를 받게 하고, 5개월 동안 800명의 새 신자를 등록하게 했다. 1999년 뉴욕의 메디슨 스퀘어의 6주간 집회에서는 48,459명이 예수를 믿게 했으며, 2000년 루이지애나의 6주간의 집회에서 59,263명이 주님을 영접하게 했다. 그해 레이크우드 집회에서는 80,000명이 참석하여 그 지방 교회들이 엄청난 성장을 거두었다.

세계적인 목회자들이 하워드-브라운 박사의 영향을 받고 있다. 「성령님 안녕하세요」의 저자 베니 힌 목사, 토론토 에어포트 교회에서 '토론토 축복'을 시작한 랜디 클라크 목사, 그 교회의 담임 목사인 존 아놋트 목사, 수정 교회의 로버트 슐러 목사, 오랄 로버츠 대학의 오랄 로버츠 목사와 그의 아들이며 총장인 리차드 로버츠 박사 등 세계의 목회자들이 그의 영성으로 영적 활성화를 경험하고 있다. 또한 미국, 캐나다, 남미, 유럽, 아프리카 등지의 기독교 지도자들이 그의 영향을 받아 영적인 활성화를 경험하고 있다. 그의 안수를 통해 성령의 은사와 능력이 접목(Impartation)되고 목회 현장에서 지친 목회자들에게 새 힘을 주고 있다. 그는 호주, 캐나다, 미국, 영국, 아프리카와 세계 여러 나라의 교회마다 성령의 불로 휩쓸게 한다. 그의 집회에 참석한 목회자들에게 강한 역사가 나타난다.

그가 교회 좌석 사이의 통로를 따라 걸어가면서 청중을 향해 손을 저으면 여러 줄의 사람들이 모두 마룻바닥에 쓰러지고, 걷잡을 수 없는 웃음이 터지고, 기쁨에 차서 울기도 한다. 여러 보수 교단의 수많은 목회자들과 교인들이 그의 안수 기도를 받고 마룻바닥에 쓰러져서 웃고 있다. 어떤 사람들은 몇 시간 동안이나 쓰러져서 일어나지 못하고, 그가 떠난 여러 시간 후에야 겨우 일어나 마치 술 취한 사람처럼 비틀거리며 교회를 떠나기도 한다. 그는 호주, 캐나다, 미국, 그리고 세계 여러 나라에 가는 교회마다 오순절과 같은 성령의 불로 휩쓸게 한다.

미국의 오랄 로버츠 대학교(ORU)는 수업을 2일간 중단하고 하워드-브라운 박사를 초청하여 집회를 가졌다. 첫 예배 시간에 4,000여 명의 학생들과 교수들이 안수 기도를 받기 위해 줄을 지어 서 있다가, 복도와 홀과 대학 잔디밭에 모두 쓰러져서 걷잡을 수 없이 웃고 있었다. 대학 총장인 리차즈 로버츠와 가족들도 모두 쓰러져서 웃고 있었다. 그를 통한 이러한 현상들이 기적과 표적을 보고 싶어 하는 미국과 세계 사람들의 주의를 끌게 되었다. 그리고 이런 표적과 기사는 말씀 증거를 위해 큰 효과를 나타내고 있다.

그는 「하나님의 만지심」에서 그가 체험한 성령의 기름 부으심과 여러 가지 능력의 체험들을 간결하고도 극명하게 잘 표현하고 있다. 이 책을 읽는 독자들도 성령의 기름 부음의 체험과 능력의 전이(Impartation)를 체험하는 놀라운 역사가 일어나기를 기도한다.

저자 서문

하나님이 나를 만져주셨을 때 갖게 된 체험

나는 주님께서 기름 부으심에 관한 주제에 대하여 책을 쓰도록 나를 인도하셨음을 느꼈다. 나는 이 책을 이론적인 시각으로 쓰기보다는, 내가 1979년 7월 성령님을 만나고 난 후 지난 14년 동안 나에게 너무나 생생하게 일어났던 것들에 대해 실질적인 시각으로 쓰고자 한다.

1991년 7월 캘리포니아 샌디에이고에서 있었던 집회에서 설교를 하고 있을 때, 주님께서 초자연적인 예언의 은사를 통해 내게 말씀하셨다. 이러한 말들이 내 입에서 나오고 있음을 발견했다.

"내가 오늘날 이 땅에서 사용하고 있는 위대한 하나님의 남녀종들은 그들이 특별하기 때문에 쓰임을 받는 것이 아니다. 내가 그들을 사용하는 이유는 단 한 가지이다. 그것은 그들이 나를 만졌고 내가 그들을 만졌기 때문이다."

어떤 사람들은 특별한 은사를 받게 되고 하나님으로부터 부르심을 받았기 때문에, 하나님께서 그들을 가장 총애하시는 사람들이라고 생각할지도 모른다. 그렇지만 많은 사람들은 그들이 침노하여 하나님 안에 특별한 자리를 찾았음을 알지 못한다. 누구든지 갈망하는 자는 밀고 들어가서 그 분의 옷자락을 만질 수 있다. 우리가 이것을 깨달을 수 있다면, 그 땐 하나님께서 다른 사람들을 쓰시는 방법대로 우리를 사용하지 않는다고 해서 영적 질투를 할 필요가 없다는 것을 알게 될 것이다. 우리는 비판하거나 판단해서는 안 된다.

사도행전에서, 우리는 바리새인 가말리엘이 다음과 같이 양식 있는 충고를 하였음을 알 수 있다. "이제 내가 너희에게 말하노니 이 사람들을 상관 말고 버려두라 이 사상과 이 소행이 사람에게로서 났으면 무너질 것이요 만일 하나님께로부터 났으면 너희가 저희를 무너뜨릴 수 없겠고 도리어 하나님을 대적하는 자가 될까 하노라 하니"(행 5 : 38－39).

나는 교회가 바리새인 가말리엘과 같은 양식을 갖기를 기도하며, 또한 마치 하나님께서 자신들을 교회의 충실한 감시자로 세우셨다고 생각하고서 남을 비판하는 일들을 하지 않기를 기도한다. 교회가 서로 싸움을 중단하고, 일어나 함께 전진하는 것을 보고자 하는 불타오르는 갈망으로 나는 이 책을 쓴다.

시간은 얼마 남지 않았다. 예수님은 곧 오실 것이다. 모든 것이 이미 선포되어지고, 이루어져서 우리가 그리스도의 심판의 보좌 앞에 서게 될 때, 우리 모두는 우리의 형제자매가 행한 일이나 행하지 않은 일을 보고하는 것이 아니라 우리가 주님을 위해 행한 모든 일을 보고해야 할 것이다.

비판이란 육의 옷을 덧입게 하는 것임을 알아야 한다. 비판이란 비판 자체를 정당화하기 위해 남을 끌어내릴 필요가 있다. 겸손은 영의 옷을 덧입게 하는 것이다. 겸손은 남을 높이기 위해 자신의 삶을 내려놓는 것이다.

이 책은 당신이 하나님과 보다 깊은 관계 속에서 동행하도록 도전할 것이다. 나의 마음이 갈망하는 것은 수천의 목회자들이 기름부음 가운데서 굴기(屈起)하여, 성령의 불을 받아, 마지막 때에 목회사역을 감당하는 것을 보는 것이다. 나는 이 책에서 기름부음의 문제, 하나님의 부르심, 그리고 하나님의 역사를 방해하고 동시에 하나님의 종들을 방해하는 많은 문제들을 다루고자 한다. 내가 여기서 함께 나누는 어떤 문제는 거짓된 것들을 강타하여 잘려 나가게 함으로써 우리가 성령의 진정한 역사를 경험하게 하도록 할 것이다.

그동안 기름부음에 대한 주제는 애매모호한 방법으로 다루어져 왔다. 하나님의 만지심을 다루는 이 책을 통해서, 하나님의 말씀과 그리고 하나님께서 나를 만져주셨을 때 내가 갖게된 체험을 독자들과 함께 나누어 가짐으로써 하나님과 성령의 역사에 관해 더 한층 배고픔(갈망함)과 목마름(갈급함)이 생기게 될 것이라 믿는다.

내가 갈망하는 것은 하나님의 참된 역사를 밝혀내고, 영원한 열매를 맺게 하기 위해 노력함으로써 독자들이 기름부음의 기본을 이해하고, 하나님으로부터 남녀종들이 어떻게 쓰임 받을 수 있는지 알게 하는 것이다.

이 책은 누구를 비판하거나 쓴맛을 주고자 하는 마음으로부터 시작된 것이 아니다. 그 누구에게라도 상처를 입히는 것은 내가 의도하는 바가 아니다. 어떤 이름도 언급되지 않았고 암시되지도 않았으므로 내가 쓴 이 책에서 무엇인가 흠집을 찾지 않기를 바란다. 내가 어떤 특정한 문제에 대해서 언급하지 않는다면, 하나님의 성령이 말씀하신다고 내가 믿는 핵심을 찌르는 책을 쓸 수 없다고 생각한다.

나는 판단하는 일이나 비판적인 일을 믿지 않는다. 그러나 우리는 사랑 안에서 진리를 말해야 한다고 믿는다. 복음서를 보면 예수님께서 어떤 특정한 문제를 말씀하시면서 바리새인, 사두게인, 그리고 그 당시 종교적 계층들을 반대하여 말씀하신 것은 분명하다. 그리고 위대한 사도 바울의 글에서도 바울은 많은 문제들을 말하면서 경고하고 잘못을 시정한 것은 분명하다.

나를 개인적으로 알지 못하고 내 마음을 알지 못하는 사람들이 내가 쓴 글에 대하여 비판적일 수도 있다는 것을 나는 알고 있다. 나의 마음은 회복을 보는 것이고, 사람들이 사랑하고, 용서하고, 수용하면서 살아가는 것을 보는 것이다. 하나님께서도 "형제들아 사람이 만일 무슨 범죄 한 일이 드러나거든 신령한 너희는 온유한 심령으로 그러한 자를 바로잡고 너 자신을 살펴보아 너도 시험을 받을까 두려워하라"(갈 6 : 1)고 말했다. 나는 하나님의 성령이 나에게 감동을 주신 그 말씀으로 나 자신을 생각해 보고 나를 판단한다.

마틴 루터(Martin Luther)는 "내가 여기에 서 있습니다. 나는 달리 할 수 없습니다. 하나님 저를 도와주시옵소서"라고 말했다. 루터가 그의 시대에 과감히 말한 것처럼 나도 오늘 진실을 말해야만 한다. 자신이 말하는 것이 무엇인지 알지도 못하면서 오순절이나 은사주의 운동을 찢어 벗기고, 모든 과도한 행동을 근절하기 위하여 무자비한 마녀 사냥을 하면서 사람들에게 영적인 올가미를 씌우는 비은사주의자들이나 오순절주의자들 때문에 나는 지쳐있다.

나는 영성 운동을 하는 사람으로서 이런 문제들에 관하여 직접 말할 수 있다고 생각한다. 나는 성령께서 이 책을 쓰도록 말씀하셨다고 믿고 있다. 이 책을 읽는 모든 사람들은 기도하면서 이 점을 고려해 보기를 원한다. 나는 진리를 말하고, 하나님 앞에서 거짓을 말하지 않는다. 여러분들이 이 책을 읽어 나갈 때 하나님의 만지심을 체험한다는 것이 당신의 삶에 있어서 어떤 의미를 갖게 되는지 알게 되기를 기도한다.

1992년 7월
로드니 하워드-브라운

차례

기름 부음에 대한 이해

기초 쌓기

예수께서 성령의 능력으로 갈릴리에 돌아가시니 그 소문이 퍼졌고 친히 그 여러 회당에서 가르치시매 뭇사람에게 칭송을 받으시더라
예수께서 그 자라나신 곳 나사렛에 이르사 안식일에 늘 하시던 대로 회당에 들어가사 성경을 읽으려고 서시매
선지자 이사야의 글을 드리거늘 책을 펴서 이렇게 기록된 데를 찾으시니 곧 주의 성령이 내게 임하셨으니 이는 가난한 자에게 복음을 전하게 하시려고 내게 기름을 부으시고 나를 보내사 포로 된 자에게 자유를, 눈 먼 자에게 다시 보게 함을 전파하며 눌린 자를 자유롭게 하고
주의 은혜의 해를 전파하게 하려 하심이라 하였더라

누가복음 4:14-19

예수의 소문이 더욱 퍼지매 수많은 무리가 말씀도 듣고 자기 병도 고침을 받고자 하여 모여 오되
예수는 물러 가사 한적한 곳에서 기도하시니라
하루는 가르치실 때에 갈릴리의 각 촌과 유대와 예루살렘에서 나온 바리새인과 율법사들이 앉았는데 병을 고치는 주의 능력이 예수와 함께 하더라

누가복음 5:15-17

너희는 거룩하신 자에게서 기름 부음을 받고 모든 것을 아느니라

요한일서 2:20

너희는 주께 받은 바 기름 부음이 너희 안에 거하나니 아무도 너희를 가르칠 필요가 없고 오직 그의 기름 부름이 모든 것을 너희에게 가르치며 또 참되고 거짓이 없으니 너희를 가르치신 그대로 주 안에 거하라

요한일서 2:27

기름 부음에 대한 이해

우리가 살고 있는 시간과 날에 기름 부음에 대해 이해하는 것은 매우 중요하다. 오늘날 많은 사람들은 하나님의 능력을 깨닫지 못한다. 비록 기름 부음이 그들의 머리에 부어진다 하더라도 그들은 기름 부음을 인식하지 못할 것이다.

사람들은 종종 "오, 기름 부음이 여기에 있습니다"라고 말한다. 그러나 그들에게 어떻게 아느냐고 물으면 그들은 "글쎄요, 그것은 그냥 여기 있지요"라고 대답한다. 그들은 그 이상의 것은 알지 못한다. 때때로 목회자들은 다음과 같은 영적인 말을 한다. "로드니 형제, 자연계에서 일어나는 일보다 영계에서 일어나는 일이 더 많습니다" 이것은 종교적인 하찮은 말에 불과하다. 만약 기름 부음이 영계에서 일어나고 있다면 자연계 안에서도 나타나게 될 것이다.

많은 사람들은 기름 부음을 모른다. 이런 사실은 내가 집회에서 특별히 사람들을 위해 기도하기 시작할 때 분명히 드러난다. 주님의 임재하심을 느끼는 사람들에게 앞으로 나오라고 부르면 어떤 이들은 앞으로 나오지만 그들에겐 하나님의 기름 부으심은 없다. 다른 이들은 자리에 앉아 온 몸을 떨면서 무슨 일이 일어나고 있는 지 당황한다. 마침내 그들을 앞으로 불러내어 하나님의 능력이 온통 그들을 에워싸고 있음을 말해줄 때에야 그들은 비로소 "아, 이것이 그것입니까?"라고 말한다.

기름 부음이란 무엇인가?

기름 부음이란 저 어딘가에 있는 어떤 신비적인 것이 아니다. 기름 부음은 하나님의 임재와 능력이 나타나는 것이다. 기름 부음은 '하나님의 임재하심'이라고 말할 수 있다. 하나님의 편재하심과 임재하심은 크게 다르다. 주님은 편재하시지만 그의 능력을 아무데서나 나타내시거나 발휘하지 않으신다. 하나님의 능력이 나타날 때 어떤 일이 벌어지게 된다. 우리가 누가복음 5장 17절에서 읽을 수 있듯이 주님의 능력이 나타나면 치유의 역사가 일어난다. 하나님께서 오시면 어떠한 일이 나타나고 일어나는 것이다. 기름 부음은 만져 알 수 있다. 느낄 수 있게 되는 것이다. 전기를 만져 알 수 있듯이 기름 부음도 알 수 있는 것이다.

하나님의 전기(電氣)

전기가 태초로부터 있었음을 우리는 알고 있다. 그러나 벤자민 프랭클린(Benjamin Franklin)과 다른 과학자들이 실험하여 전기에 대한 특정한 원리를 발견하고, 인류가 발전하는 방법을 알아서, 전력의 이익을 얻기 전까지는 전기를 알지 못했다.

교회는 기름 부음에 대해 무지했으며 어떻게 역사하는지 몰랐다. 그러나 기름 부음은 여전히 존재한다. 우리는 하나님의 성령에 의해 기름 부음의 역사를 이해할 수 있고 하나님의 영과 협조하여 함께 흘러 갈 수 있다.

이는 전구와 같다. 토마스 에디슨(Thomas Edison)이 수천 번의 실험을 통해 전구 안의 필라멘트를 발견하고서야 전구를 사용할 수있게 된 것이다. 또한 비행의 법칙은 항상 존재했다. 그러나 라이트 형제들이 그것을 알아내기 이전에는 알려지지 않았었다. 오늘날 우리는 그들이 발견한 것의 이익을 얻고 있다.

초자연적인 것을 설명하려 하지 말라

기름 부음이나 하나님의 초자연적인 능력에 관한 내용을 담고 있는 모든 성경 구절을 설명하려고 결심한 세계적인 유명한 신학자가 주석 성경을 읽고 있었다. 그는 오늘날의 이 시대를 안수함으로써 기름 부음이 실제적으로 전이(轉移)될 수 있다고 생각하는 것은 어리석은 일이라고 말했다. 그는 하나님의 말씀에 초자연적인 측면을 제외시키기로 한 것이다.

이것은 오늘날 많은 교계의 모습이기도 하다. 그들은 하나님의 능력을 올바르게 해석하지 못하고 있다. 그 결과 청소년들은 락 음악이나 마약, 술과 자유로운 성생활에 빠져들게 되었고, 여피족들은 뉴에이지 운동에 빠져들었다.

여기에는 두 가지 이유가 있다. 첫째는 그들의 마음에 참된 어떤 것에 대한 갈급함이 있다는 것이고, 둘째는 교회가 그들의 필요를 채워주지 못하면서 다만 보호소일 뿐이라는 사실이다. 알코올 중독자나 마약 중독자는 성령의 능력으로 자유함을 누리기보다는 재활원으로 보내지고 있는 것이다.

주님의 기름 부으심이 집회 가운데에 임했는데 아무런 일이 일어나지 않았다고 말하지 말라. 당신은 큰 교회에서 수천 명의 사람들과 아름다운 옷을 입은 성가대, 아름다운 샹들리에, 클라리넷 독주자, 유명한 설교자와 거대한 텔레비전 사역 체계를 가지고 있을 수 있다. 그러나 하나님의 기름 부으심, 하나님의 만지심이 없다면 당신은 아무것도 갖지 못한 것이다.

교회 안의 할리우드 선전 활동과 세계레슬링연맹(WWF)

요즘 있는 몇몇의 집회에서 기름 부음은 한 설교자가 말한 것처럼 암탉의 이빨보다도 작다. 이를 찾기 위해서는 돋보기가 필요하다. 기름 부음은 선전 활동이 아니다.

어떤 교계에서는 할리우드와 같은 선전 활동이 많다. 어떤 집회에서는 레슬링 선수들과 태그 팀(2인조 팀)을 등장시키는 순간이라고 생각할 수 있는 경우가 있다. 그들은 육적으로 설교하고, 기도하고, 노래하고, 그리고 춤을 춘다. 아주 야단법석이지만 결과는 없다.

우리는 아름다운 전경과 에어컨 시설이 잘 된 예배당에 앉아서 주일 아침저녁으로 예배를 드리고 각종 문화사역과 여가생활을 누리는 시대에 살고 있다. 목사가 강단 위에 서서 소리치고 뛰어 돌아다니는 모습은 위엄 있게 보이면서 전문인으로 보일 수도 있다. 그러나 목사의 삶에 하나님의 만지심이 없다면 잊어버려라. 교인들의 삶은 변화하지 않을 것이다.

당신은 대형 선전에 지쳐 있소?

나는 은사주의 계열에서 내노라하는 분들이 인도하는 몇몇의 거대한 은사 집회에 참석했으나 그 곳엔 기름 부음이 나타나지 않았다. 마치 성령이 임하시면 무엇을 해야 할지 몰라서 두려워하는 것처럼 보였다. 그래서 그들은 영적인 무지함을 보이기보다는 차라리 집회를 끝내버리고 악령을 결박한다던지 예배를 과장 선전하는 효과를 노리는 어떤 육적인 프로그램으로 들어가려고 했다. 결국 굶주린 양들은 마치 오래된 빵을 대접받은 느낌으로 돌아갔다.

어떤 성경 학교에서는 설교를 어떻게 하는가를 가르치기 위해 노력한다. 그러나 나의 추측으로 이는 마치 돼지에게 노래 부르는 것을 가르치는 것과 다름없다. 설교에 관련된 이론을 배울 수는 있겠지만, 개인의 삶에 기름 부음이나 하나님의 만지심이 없었기에 그 배움은 과장 선전에 불과한 것이다.

어떤 사람들은 소리치는 것이 기름 부음이라고 생각하거나 대화의 능력에 있어서 전문성이 있는 것을 기름 부음이라고 생각한다. 사람들을 감정적으로 동요시켜 놓는다고 해서 변화를 가져오는 것은 아니다. 하나님께서는 풍요로운 가슴을 원하시지 풍만한 머리를 원하지 않으신다.

성경은 "힘으로 되지 아니하며 능으로 되지 아니하고 오직 나의 영으로 되느니라"(슥 4:6)고 말씀하신다. 나는 사역 초기에 만약 주님이 그 어떠한 일도 하지 않으신다면 나 역시 어떠한 일도 하지 않겠다고 말씀드렸다. 주님은 내가 그분을 돌보는 것이 아니라 그분이 나를 돌봐주는 것이라면서 내가 주님이 역사하시도록 기회를 드려야만 주님이 역사하실 것이라고 말씀하셨다.

어떤 이들은 통제할 수 없을 것 같아 두려워한다.

기독교 TV 진행자들이 그들의 초청객들과 방송을 하다말고 끝내

버리는 것을 본 적이 있다. 그 프로그램 진행을 통제할 수 없을 것이라는 두려움 때문이었다. 그들은 초청객들의 삶에 임한 기름 부음으로 인하여 자신들이 가려지는 것을 원치 않았다. 그들은 방송을 거절하고 차라리 무의미한 종교적인 행사를 하려고 했다. 왜냐하면 그들은 통제하기를 원하기 때문이다. 이와 같은 목회자들도 있다. 그들은 성도들의 눈에 자신들의 목회를 돋보이게 하기 위하여 자신들보다 못한 부흥사를 교회로 초청하곤 한다.

이러한 것들은 교회 안에서 사람들이 하는 게임이다. 만약 당신이 이런 교회에 가기를 원하거나 이런 목사 주변에 맴돌기를 원한다면 거기에는 당신이 해야 할 일도 있고 하지 말아야 할 일도 있다. 그러나 이러한 행위는 정치적인 하찮은 일이다. 나는 이러한 게임을 할 바에야 목회를 그만 두겠다. 그 누구에게도 내가 어디서 무엇을 설교해야 하는지 말할 수 없다. 당신이 나를 돈으로 살 수 없는 것은 내가 판매용이 아니기 때문이다. 바울이 말했듯이 나는 모든 사람의 종(섬기는 자)이 되겠지만 그 누구의 노예도 아니다.

힘으로도 아니고 능으로도 아닌

너무나 많은 설교자들이 자신을 죽이고 매우 값진 가족을 잃는 것을 보았기에 희생이 너무 크다고 생각했다. 나는 내 자신을 죽이고 싶지도, 내 가족을 잃고 싶지도 않다고 주님께 말씀드렸다. 주님이 내게 말씀하셨다. "아들아, 너 자신을 죽일 필요가 없다. 내가 이미 이천년 전에 죽었단다. 너는 그저 내가 이천년 전에 행한 것처럼 빛 가운데 걸으면 된다."

나는 내 집회에서 성령님께서 오셔서 마음대로 역사하시도록 하시는 것 외에는 아무것도 하지 않는다. 정말 아름다운 것은 성령님께서 오셔서 자신을 나타내시고, 놀라운 방법으로 개개인의 삶을 만지시는 것이다.

그것은 우리의 힘이 아니라 성령 힘이다. 그것은 우리의 능력이 아니라 성령의 능력이다. 성령은 우리가 성령을 의지하기를 원하시며 성령이 우리 위에 역사하고 계심을 믿기 원하신다. 예수님께서 "너희가 거저 받았으니 거저 주라"(마 10:8)고 말씀하시고, "내가 너희에게 뱀과 전갈을 밟으며 원수의 모든 능력을 제어할 권능을 주었으니 너희를 해칠 자가 결코 없으리라"(눅 10:19)고 말씀하셨다.

기름 부음은 멍에를 파괴한다

우리는 모두 기름 부음이 멍에를 깨뜨린다고 말하는 것을 들었다. 그러나 성경은 기름 부음이 멍에를 파괴한다고(destroy) 실제로 말하고 있다.

그날에 그의 무거운 짐이 네 어깨에서 떠나고 그의 멍에가 네 목에서 벗어지되 기름진 까닭에 멍에가 부러지리라(destroyed).

이사야 10:27

만약 내가 당신의 집에 가서 어떤 것을 깨뜨린다면 당신은 접착재를 가져와 다시 붙일 수 있을 것이다. 그러나 만약 내가 그것을 파괴해버렸다면 다시는 고칠 수 없다. 깨뜨려진 멍에와 파괴된 멍에에는 큰 차이점이 있다.

당신이 기름 부음에 관한 계시를 받았을 때, 그리고 기름 부음이란 전능하신 하나님을 바로 만질 수 있는 임재라는 사실을 알게 될 때 그땐 암과 같은 불치의 병을 가진 사람을 위해 기도하면 하나님의 능력으로 치유 받는 것을 보게 될 것이다. 나는 이것을 성령의 화학요법 혹은 성령의 방사 치료라고 부른다. 왜냐하면 만질 수 있는 기름 부음으로 사역할 때 기름 부음의 실질적인 전이를 알 수 있기 때문이다.

흐름을 따르시오

하나님의 임재하심이 빌딩 안으로 임할 때에는 항상 목적이 따른다. 주님의 임재하심이 사람들에게 역사하면 그들은 자유함을 누리게 된다. 주님의 능력이 나타나기 시작할 때 사역하던 사람들은 성령의 흐름에 민감해야 할 필요가 있다.

만약 목회자가 집회를 위해 자기 자신의 목적과 계획을 밀어붙이고 자신의 예정표에 따른다면 대부분의 경우 성령을 슬프게 하는 것이며 성령의 두 손을 묶어 놓기 때문에 아무런 일도 일어나지 않을 것이다.

내가 집회를 인도할 때 주님께서는 내가 계획했던 것과는 다른 방향으로 인도하실 때가 많았다. 내가 주님께 순종하고 주님이 원하시는 것을 할 때 그분은 사람들을 만져주셨다. 기름 부음 아래서 우리가 몇 달 동안 해야 할 일을 하나님은 단 2분 안에 더 큰 일도 행하실 수 있다.

오, 우리가 깨어 일어나 교회에게 유익한 일이 무엇인지 깨닫기 시작하기를 희망한다! 목회는 어떤 직업이나 직장이 되어서는 안된다. 목회는 새로운 계약의 목회자가 부활하신 예수 그리스도의 능력 안에서 사역하는 것이다.

내 이름으로 귀신을 쫓아내라

하루는 내가 강의하는 학교의 어떤 신학생이 암에 걸려 죽어 가는 고모를 위해 와서 기도해 달라고 요청했다. 의사들은 그녀를 포기한 상태였기에 죽기만을 기다리고 있었다. 그녀가 살 수 있는 시간은 몇 시간 남지 않았다.

내가 병실에 도착했을 때 침대에 누워 있는 위독한 상태의 여성을 보았다. 나는 즉각적으로 "너 죽음의 영과 암아, 살아 계신 하나님의 아들 나사렛 예수 그리스도의 이름으로 명하노니 이 여인에게서 나가라" 하고 외치라 촉구하는 명령을 받았다.

내가 그렇게 명령했을 때 계속 그렇게 말하라는 감동을 받았고 나는 이십여 분 동안 계속해서 말했다.

"너 죽음의 영과 암아, 살아 계신 하나님의 아들 나사렛 예수 그리스도의 이름으로 명하노니 이 여인에게서 나가라. 예수께서 무화과나무를 저주하셨듯이 내가 너를 저주하노라. 암을 저주하노라."

너무나 갑자기 어떤 일이 일어났다. 하나님의 능력이 그녀를 쳤다. 그 능력은 그녀의 머리로부터 시작하여 발끝으로 내려갔다. 그녀의 온 몸이 흔들리기 시작하더니 마침내 침대가 흔들리기 시작했다. 하나님의 능력이 말없이 조용히 서 있는 그녀의 조카를 쳤다. 그는 고함을 지르기 시작했다. 하나님의 능력이 이 부인을 흔들어서 침대에서 일어나 나가게 했다. 그녀는 성령의 능력으로 치유되었다. 그 다음날 그녀는 쇼핑을 하러 갔다.

기름 부음은 무기이다

기름 부음은 일을 성취하기 위한 초자연적인 무기이다. 하나님은 일을 수행하기 위해서 사역자들을 필요한 무기로 무장시키지 않고서는 절대로 부르지 않으신다. 등산가가 좋은 부츠와 도구를 가지고 있듯이, 우리가 새 언약의 유능한 목회자가 되려면 기름 부음이 필요하다.

또한 기름 부음은 망토, 덮개 또는 옷이라고 말할 수 있다. 이것이 없이는 우리는 벌거벗게 된다. 이것이 에덴동산의 아담에게 일어났던 일이다. 그는 원래 하나님의 보좌에 나타난 영광으로 옷 입혀졌다. 아담이 죄를 범했을 때 그 옷을 잃어버리고 벌거벗게 된 것이다.

새 언약과 십자가에서 완성된 역사를 통해서 예수님은 아담이 에덴동산에서 잃어버린 것을 회복시키셨다. 성경은 "우리가 이 보배를 질그릇에 가졌으니…"(고후 4:7)라고 말하고 있다.

나는 절대로 하나님의 기름 부음 없이 목회하기를 원치 않는다. 그렇지 않으면 내가 하는 어떤 일도 나의 힘과 능력으로 될 것이기 때문이다. 우리는 기름 부음을 위조할 수 없다. 기름 부음은 거기 있든가 없든가 둘 중 하나이다. 여러 번 설교를 하기 위해 강대상에 올라갔다가 설교의 기름 부음이 없기 때문에 끝내 버릴 때도 있었다. 열매를 보기 원한다면 우리는 성령에 접속하여 성령의 기름 부음과 함께 흘러갈 필요가 있다.

사람 위에 임한 하나님의 능력

예수님께서 "아들이 아버지께서 하시는 일을 보지 않고는 아무것도 스스로 할 수 없나니 아버지께서 행하시는 그것을 아들도 그와 같이 행하느니라"(요 5:19)고 말씀하시고, "내가 하늘로 내려온 것은 내 뜻을 행하려 함이 아니요 나를 보내신 이의 뜻을 행하려 함이니라"(요 6:38)고 말씀하셨다. 기름 부음은 사람의 교육 수준이나 무지함에 달려있는 것이 아니다.

나는 자격 없는 사람들이 엄청난 기름 부음 아래서 사역하는 것을 보았다. 가끔 자연적 능력과 재능이 그 개인에게 하나님으로부터 쓰임 받지 못하도록 방해가 될 때가 있다. 왜냐하면 그런 사람들은 하나님께 의존하지 않고 자신의 능력에 의존하기 때문이다.

하나님께서는 세상의 미련한 것들을 선택하사 지혜 있는 자들을 부끄럽게 하신다(고전 1:27). 지위가 높고 위대한 사람이 선택 받지 못한다. 성경은 다음과 같이 말씀하신다.

"하나님께서 세상의 미련한 것들을 택하사 지혜 있는 자들을 부끄럽게 하려 하시고 세상의 약한 것들을 택하사 강한 것들을 부끄럽게 하려 하시며 하나님께서 세상의 천한 것들과 멸시받는 것들과 없는 것들을 택하사 있는 것들을 폐하려 하시나니 이는 아무 육체도 하나님 앞에서 자랑하지 못하게 하려 하심이라"(고전 1:27-29).

많은 사람들이 자신이 사업에서 성공했기 때문에 목회사역에서도 성공적일 것이라 생각하는 것을 보고 놀라움을 금치 못했다. 그들은 목회사역이 하나님의 부르심과 하나님의 만지심이 관계된 것이라는 것을 잊어버리는 경향이 있다.

기름 부음은 바람과 같다

기름 부음은 느낌이 아니라 느껴지는 것이다. 이는 마치 전구를 빼서 당신의 손가락을 소켓에 넣는 것과 같다. 당신은 충격적인 경험을 하게 될 것이다. 기름 부음은 그 능력 아래 사람들이 쓰러지는 것이 아니다. 그럼에도 사람들이 기름 부음으로 덮여지게 되면 그 권능 아래 사람들이 쓰러지는 현상을 보게 될 것이다. 이러한 현상은 그 장소에서 기름 부음이 임한 결과이다.

기름 부음은 바람과 같다. 당신은 바람을 볼 수는 없지만 바람이 불 때의 결과를 볼 수 있다. 당신은 기름 부음을 볼 수는 없지만 결과는 볼 수 있다. 사람들은 구원받고, 치유되고, 자유케 되며, 축사를 받는다.

나는 어느 날 주님께 왜 어떤 사람들은 결코 주님의 임재하심을 느끼지 못하는지 여쭈어 보았다. 주님이 말씀하시길, 많은 사람들은 이 세상의 사건들에 사로잡혀 있어서 그들의 생각이 하나님으로부터 멀리 떨어져 있기 때문이라고 하셨다.

그들이 깨어 있는 대부분의 시간은 자연계의 일들에 사로잡혀 있다. 그들은 결코 예배하거나 주님과 교제하는 데에 시간을 보내지 않는다. 이는 마치 그들은 다른 과정에 있는 것과 같은 것이다.

마치 라디오의 특정한 방송을 듣기 원하면서 올바른 주파수에 맞추지 않는 것과 같다. 당신은 전혀 메시지를 받지 못할 것이다. 만약 당신의 영을 올바른 주파수에 맞춰 놓게 된다면 갑자기 신호가 크고 깨끗한 소리로 들리게 될 것이다.

삶 위에 임한 기름 부음과 예수님의 사역

예수께서 성령의 권능으로 갈릴리에 돌아가시니 그 소문이 사방에 퍼졌고 친히 그 여러 회당에서 가르치시매 뭇 사람에게 칭송을 받으시더라
예수께서 그 자라나신 곳 나사렛에 이르사 안식일에 자기 규례대로 회당에 들어가사 성경을 읽으려고 서시매 선지자 이사야의 글을 드리거늘 책을 펴서 이렇게 기록된 데를 찾으시니 곧 주의 성령이 내게 임하셨으니 이는 가난한 자에게 복음을 전하게 하시려고 내게 기름을 부으시고 나를 보내사 포로 된 자에게 자유를, 눈 먼 자에게 다시 보게 함을 전파하며 눌린 자를 자유롭게 하고 주의 은혜의 해를 전파하게 하려 하심이라 하였더라

누가복음 4:14-19

우리가 예수님의 삶과 사역을 돌아보고 기름 부음의 역사를 온전히 이해하는 것은 매우 중요하다. 이는 예수님께서 다음과 같이 말씀하신 것을 이해하는 데에도 도움을 준다. "내가 진실로 진실로 너희에게 이르노니 나를 믿는 자는 내가 하는 일을 그도 할 것이요 또한 그보다 큰 일도 하리니 이는 내가 아버지께로 감이라"(요 14:12).

예수님께서 하신 일들은 그가 하나님의 아들이었기 때문이 아니다. 주님께서는 신으로서의 왕 같은 옷을 옆으로 내어놓으시고, 이 땅 위에서 걸어가실 때 아브라함의 언약 아래 있는 선지자와 같이 행동하셨다고 성경은 전한다.

어떤 이들은 예수님께서 동물들을 치유하고 물 위를 걸으셨던 것을 제자들에게 흥미를 불러일으키기 위한 것이라는 어린 아이와 같은 추측을 한다. 그러나 우리가 알아야 할 것은 예수님의 사역은 예수님께서 요단강에 와서 요한에 의해 물세례를 받은 후에야 비로소 시작되었다는 것이다. 하나님의 성령이 비둘기 같이 내려 예수님 위에 임하셨고 하나님이 하늘로부터 "이는 내 사랑하는 아들이요 내 기뻐하는 자라(마 3:17)"고 말씀하셨다.

그 순간부터 예수님께서는 기름 부음을 받으시고 목회사역의 자리에 서신 것이다. 우리는 이를 말씀 가운데서 확인할 수 있다. "하나님이 나사렛 예수에게 성령과 능력을 기름 붓듯 하셨으매 그가 두루 다니시며 선한 일을 행하시고 마귀에게 눌린 모든 자를 고치셨으니 이는 하나님이 함께 하셨음이라"(행 10:38).

하나님의 충만하심이 주님 안에 거하셨다

'하나님께서 예수께 성령으로 어떻게 기름부으셨는가'란 성경 구절 안에서 하나님께서 역사하시는 것을 보는 것은 매우 흥미롭다. 만약 우리가 하나님으로 인해 사용되어진다면, 우리 또한 하나님으로부터 기름 부음을 받아야만 한다. 그래서 예수님께서 기름 부음을 받으신 것처럼 우리도 하나님의 만지심이 우리의 삶 가운데 일어난 시간과 때를 알아둘 필요가 있다.

예수님은 오중 사역의 하나하나를 감당하셨다. 주님이 하나님의 말씀을 하셨기 때문에 하나님께서 성령을 한량없이 주셨다고 성경은 기록하고 있다(요 3:34).

예수님은 오중사역의 모든 사역을 감당하셨다

예수님은 사도였다. 예수님은 인간을 구원하시고 다시 보혈로 사시기 위해 지구를 향하여 모든 시대의 가장 위대한 선교 여행을 오셨다. 예수님은 선지자였다. 그는 선지자는 고향에서 환영받는 자가 없다고 말씀하셨다. 주님은 계시로 말씀하셨다. 예수님은 복음전도자였다. 그는 복음의 좋은 소식을 가지고 오셨다. 예수님은 목자였다. 그는 선한 목자였다. 그는 좋은 목자는 자신의 양을 위하여 목숨까지 준다고 말씀하셨다. 예수님은 교사였다. 그는 서기관이나 바리세인과 같지 않고 권세 있는 자와 같이 말씀하셨다.

당신과 나는 개인적으로 예수님의 사역을 가지고 있지 않다. 왜냐하면 예수님께서는 결코 자신의 사역을 하나의 개인에게 주신 것이 아니라 그의 몸 된 교회에 나누어 주셨기 때문이다.

성경은 "우리 각 사람에게 그리스도의 선물의 분량대로 은혜를 주셨나니… 그가 혹은 사도로, 혹은 선지자로, 혹은 복음 전하는 자로, 혹은 목사와 교사로 주셨으니"(엡 4:7, 11)라고 말한다.

하나님께서 부르시고 기름 부으신다

오중 사역을 총체적으로 감당하고 있는 모든 사람들은 오늘날 지상에서 예수님의 사역에 동참하고 있다는 것을 알기 바란다. 어떠한 사람도 그 누구를 부르거나 지명할 수 없다. 그러나 기름 부으시는 분은 오직 전능하신 하나님뿐이다.

우리는 예수님의 사역은 완전했다고 안전하게 말할 수 있다. 그러나 오늘날 자신만이 무엇이든 다 가지고 있다고 진지하게 믿는 사람들이 있다는 것은 놀라운 일이다. 본질적으로 그들은 자신과 같은 다른 사람은 전혀 필요가 없다고 말한다.

자신을 사도라고 광고하고 독자에게 자신이 왜 사도인지 알리는 한 사람의 글을 읽고 매우 놀랐다. 그는 자신을 선지자로, 복음 전도자로, 그리고 교사로 불렀다. 자신을 부르지 않는 직분은 목사뿐이었다. 만약 그가 오십 명 정도의 사람들을 매 주일마다 모을 수 있다면 그는 자신을 목사로 부를 것이라고 나 혼자 생각해 보았다.

복음은 한 사람에게만 달려있는 것이 아니다

하나님은 십자가의 메시지를 한 사람이 지고 가도록 부르시지 않으셨으며 한 사람 위에 모든 책임을 다 위임하시지 않으셨다. 모든 사역이 똑같을 경우를 생각해 보라. 지겹지 않겠는가? 다행히도 주님은 우리 모두를 부르셨다. 어떤 사람에게는 한 은사를 주시고, 다른 이에게는 세 가지 은사를 주시고, 그리고 또 다른 이에게는 다섯 가지 은사를 주셨다. 우리가 작은 일에 충성할 때, 주님은 우리를 많은 것의 주권자로 삼으신다(마 25:14-30).

당신과 나는 성령을 분량대로 받을 수 있으나, 우리가 연합할 때는 성령을 한량없이 받을 수 있다. 마지막 때의 부흥은 한 그룹이나 한 교파를 통해서만 오지 않을 것이 바로 그러한 이유이다. 오히려 그 부흥은 하나님께서 자신의 영광을 나타내시고 홀로 영광을 받으시기 위하여 보혈로 씻겨진 교회를 통하여 올 것이다. 많은 이들은 그들의 자세에 있어서 하나님의 영광을 서로 나누어 가지려 한다. 그러나 하나님 없이, 하나님의 만지심 없이 우리는 아무것도 아니다.

그 누구도 하나님께서 이 마지막 때에 행하실 영광을 홀로 가질 수는 없다. 그 영광은 한 교단이나 한 그룹이 감당할 수 없는 성령의 초자연적인 기름 부으심일 것이다. 주님을 아는 지식이 물이 바다를 덮음 같이 충만할 것이다(사 11:9).

주님께 모든 영광을 드려라

예수님은 "내가 땅에서 들리면 모든 사람을 내게로 이끌겠노라 하시니"(요 12:32)라고 말씀하셨다. 우리는 '내가 땅에서 들리면'이라고 말씀하신 것을 깨달아야만 한다. 하찮은 사도도 아니요, 입 큰 선지자도 아닌 예수님만이 높임을 받으셔야 한다. 항상 모든 찬양과, 모든 영광과, 모든 존귀를 주님의 위엄 있는 이름에만 돌려야 한다. 오직 주님만이 찬양을 받으시기에 합당하시다.

모든 믿는 자들 위에 임한 기름 부음

모든 신자들은 화해의 사역으로 기름 부음을 받았다. 그러나 모든 신자들이 같은 오중사역의 직책을 감당하도록 기름 부음을 받고 준비되는 것은 아니다. 나는 신자들이 전임 목회자가 되는 것을 어렵게 하려는 것이 아니다(엡 4:7-11). 그러나 이 글을 읽는 독자들이 오중 사역은 나무에서 자라나는 것처럼 감당할 수 있는 일이 아님을 이해하기 바란다. 이 오중사역은 슈퍼마켓이나 천 원짜리 가게에서처럼 살 수 있는 것이 아니다. 오중사역자는 성경 학교나 신학교 환경에서 양육될 수도 없다. 이런 은사들은 전능하신 하나님께서 주신 것이며 사람의 손이 아닌 하늘로부터 온 것이다.

모든 신자들은 거듭났을 때 기름 부음을 받는다. 하나님께서 오셔서 우리 안에 내주하신다. 성경은 "그런즉 누구든지 그리스도 안에 있으면 새로운 피조물이라 이전 것은 지나갔으니 보라 새 것이 되었도다"(고후 5:17)라고 말하고 있다. 당신은 구별되어 있다.

구약의 선지자, 제사장, 그리고 왕, 신약의 왕과 제사장

구약의 언약에서 하나님은 세 그룹의 사람들, 선지자와 제사장, 그리고 왕들에게 기름을 부으셨다. 하나님께서는 자신의 영이 그들 위에 임하게 하셨다.

그리고 나서 새 언약이 왔다. 예수님께서 "다 이루었다"고 하셨을 때, 성막의 휘장이 위에서 아래로 찢어졌다. 성령은 사람의 손으로 만들어진 이 세상의 장막에서 나오셔서 다시는 그 가운데 거하지 않으셨다. 이제 성령은 당신의 가슴과 나의 가슴 안에 거하신다. 우리는 살아 계신 하나님의 성전이다(고전 6:19, 고후 6:16).

모든 신자들은 고린도전서 12장에서 볼 수 있는 성령의 아홉 가지 은사들 중 어느 한 가지를 행할 수 있다. 하나님께서는 은사는 오직 사도들, 선지자들, 복음 전도자들, 목사들, 그리고 교사들만을 위한 것이라고 말씀하시지 않으셨다. 고린도전서에서 말씀하신 것처럼 각 사람에게 성령을 나타내심은 유익하게 하려 하심이라는 것이다(고전 12:7).

오중 사역은 더 큰 기름 부으심으로 성령의 아홉 가지 은사를 보다 크게 나타내실 것이다.

우물과 강

예수님께서는 "내가 주는 물을 먹는 자는 영원히 목마르지 아니하리니 나의 주는 물은 그 속에서 영생하도록 솟아나는 샘물이 되리라"(요 4:14)고 하셨다. 여기에서 말하는 '샘물'에 초점을 맞추기 바란다. 성경은 "그러므로 너희가 기쁨으로 구원의 우물들에서 물을 길으리로다"(사 12:3)라고 말한다. 우리는 첫 번째 기름 부음을 '우물'의 기름 부음이라고 부를 수 있다.

명절 끝날 곧 큰 날에 예수께서 서서 외쳐 이르시되 누구든지 목마르거든 내게로 와서 마시라

나를 믿는 자는 성경에 이름과 같이 그 배에서 생수의 강이 흘러나오리라 하시니 이는 그를 믿는 자들이 받을 성령을 가리켜 말씀하신 것이라 (예수께서 아직 영광을 받지 않으셨으므로 성령이 아직 그들에게 계시지 아니하시더라)

요한복음 7:37-39

이 성경 구절에서 우리는 우물을 볼뿐만 아니라 우물보다 더 큰 것을 본다. 우리는 강을 바라본다. 다시 말하자면 당신이 거듭날 때 '우물의 기름 부음'을 가질 수 있는 것이다. 그리고 당신이 성령세례를 받을 때 '강'의 기름 부음을 받을 수 있다.

예수님께서 그의 제자들에게 예루살렘에서 성령의 오심을 기다리라고 말씀하셨다. "오직 성령이 너희에게 임하시면 너희가 권능을 받고 예루살렘과 온 유대와 사마리아와 땅 끝까지 이르러 내 증인이 되리라 하시니라"(행 1:8).

증인이 될 수 있는 능력

실제적으로 우리는 증인이 될 수 있는 능력을 가질 수 있다. 이 구절에서 말하는 '증인'이라는 단어는 순교자(martyr)를 의미한다. 다시 말해 증인은 자신이 믿는 것을 위해 죽을 준비가 되어 있는 사람을 말한다. 증인은 자신의 믿음과 그 믿음을 전하는 일에 과격한 사람을 말한다. 실로 우리는 주님을 부인한 베드로의 생애에서 이를 볼 수 있다. 오순절 날 성령을 받은 후, 그는 담대히 설교하고 복음을 선포했던 것이다.

이러한 사실은 교회를 가장 심하게 핍박했던 삶들 가운데 하나인 다소 사람 사울에게서도 볼 수 있다. 그가 다메섹 도상에서 주님과 만난 후, 하나님은 그의 생애를 바꾸어 놓았다. 사흘이 지나 아나니

아가 와서 그에게 안수한 후, 그는 높은 곳으로부터 임한 능력으로 덧입히게 되었다. 그는 다시 보게 되었고 성령의 은사를 받게 되었다(행 9:1-18).

어떠한 변화가 일어난 것인가? 놀라운 변화였다. 그것은 모두 하나님의 기름 부음이요, 하나님의 만지심 때문이었다.

돕는 사역에 임한 기름 부음

만약 당신이 신실하여서 당신의 삶을 위한 하나님의 계획을 따른다면, 하나님은 당신의 마음속에 사역을 돕는 자가 되게 하는 갈망하는 마음을 주실 것이다. 하나님은 교회의 좌석을 채우는 성도들을 찾으시는 것이 아니라, 오중사역 이외의 방법을 통해 하나님께서 다른 사람들의 삶을 만지시도록 하는 데 쓰임 받는 사람들을 찾고 계신다.

그 때에 제자가 더 많아졌는데 헬라파 유대인들이 자기의 과부들이 매일의 구제에 빠지므로 히브리파 사람을 원망하니
열두 사도가 모든 제자를 불러 이르되 우리가 하나님의 말씀을 제쳐 놓고 접대를 일삼는 것이 마땅하지 아니하니
형제들아 너희 가운데서 성령과 지혜가 충만하여 칭찬 받는 사람 일곱을 택하라 우리가 이 일을 저희에게 맡기고
우리는 오로지 기도하는 일과 말씀 사역에 힘쓰리라 하니

사도행전 6:1-4

돕는 사역은 오중사역의 직임을 다할 수 있도록 돕는 것이다. 선택을 받은 일곱 명의 사람들 중에 우리는 훗날 복음전도자가 된 빌립만을 알고 있다. 스데반은 믿음과 성령 충만한 사람이었고 사람들 앞에서 큰 표적과 기사를 행한 사람이었다. 나중에 그는 교회의 첫 번째 순교자가 되었다.

누가 이 범주에 속하는가?

돕는 사역의 범주 아래 우리는 시편 작가, 중보기도자, 집사, 장로 등을 찾아 볼 수 있다.

돕는 사역은 어떤 일이 이루어 질 수 있도록 돕는 것이다. 우리는 예수님께서 오천 명을 먹이셨을 때의 사역에서 돕는 사역을 본다. 주님은 열두 제자들에게 모든 사람들이 그룹을 지어 앉도록 하시고 빵을 떼고 생선을 나누도록 사도들에게 지시하셨다. 제자들은 그것을 무리들에게 나누어 주었다.

돕는 사역의 핵심은 돕는 사역이 방해가 될 때 그 사역을 더 이상 지속할 수 없다는 것이다. 많은 교회에서 목사의 비전을 수행할 수 없는 제직회와 당회는 돕는 자가 될 수 없다.

나는 말씀보다 찬양이 더 중요하다고 생각하는 예배 인도자 때문에 좋지 않은 일이 벌어진 경우를 본 적 있다. 우리는 그가 목사에게 문제를 일으켜서 때로는 교회를 분열시키는 것을 보게 된다.

그와 같이 목사를 조종하려는 자들은 모세의 두 손이 들려 질 때, 그 두 손을 받쳐주지는 않고 오히려 목사의 손을 묶으려 할 것이다. 재정부나 행정 업무자가 자신의 뜻대로 재정을 운영하려 한다면 그들도 또한 같은 문제를 일으키게 된다. 그들은 목사의 연금을 올려야 할지 말아야 할지를 투표하고, 현 상황에서 선교를 지원할 수 있을 지의 여부를 투표하기 원한다.

사도행전 6장에서 볼 수 있듯이, 집사가 될 수 있는 조건은 믿음과 성령으로 충만한 사람이다. 이것은 모든 돕는 사역에 적용된다. 그러나 당신에게 짐이 되는 사람들과 함께 사역해야 하는 것보다 최악의 경우는 없다. 그들은 의심과 불신앙으로 가득 차 있기 때문에 죽을 지경으로 무거운 짐을 지워주는 자들이다. 아마도 칠면조가 둘러 싸여 있는 곳에서 독수리 같이 날아오르는 것은 힘들다는 말을 들어보았을 것이다.

어떤 이들은 예배 인도자로, 중보자로, 행정 업무가로, 집사로, 그리고 장로로 기름 부음을 받았을 것이다. 그들이 목사의 두 손을 들어주고 목사가 목회 현장에서 일할 수 있도록 도와준다면 그들은 얼마나 큰 축복이 되겠는가! 그러나 그들이 부정적인 생각에 가득 차서 하나님께서 계획하신 바를 보지 못한다면, 그들은 얼마나 무거운 짐이 되겠는가! 균형을 맞추기 위해 부름을 받은 많은 사람들이 하나님의 종들의 목에 묶인 무거운 짐으로 끝나버릴 수도 있는 것이다.

기름 부음을 받은 많은 사람들이 성령으로 인도함을 받지 못하는 사람들에 둘러싸여 넘어지는 경우가 있다. 어떤 사람들은 세상 직업처럼 목회를 하면서 기름 부음이 없는 목회의 현장에 참여한다. 그들은 도움이 아닌 방해가 될 뿐이다. 또는 해고를 당할까봐 두려워서 목사가 말하는 모든 일에 "네"라고 대답하는 사람들도 있다. 그런 사람은 목사에게 경고를 해주는 대신에, 목사가 하나님의 목적에서 벗어나 잘못 갈 때도 그저 바라보기만 한다.

오중사역과 하나님의 부르심

어떤 사람이 오중사역으로 부르심을 받았을 때, 그 개인은 다른 사람들에게 자신의 직위와 사역의 은사에 대해 계속 말할 필요는 없다. 오렌지 나무나 레몬 나무는 '나는 오렌지 나무입니다', 또는 '나는 레논 나무입니다'라고 표시하지 않아도 된다. 열매를 맺을 계절이 오면, 우리는 그 나무의 열매를 먹게 되어있다. 사역의 은사도 마찬가지다. 당신은 그들을 은사로서가 아닌 열매로 알아야 할 것이다.

이 시대에 타이틀(직분)을 갖는 것이 아주 중요한 것 같이 보이는 움직임이 있다. '나는 사도입니다', '나는 선지자입니다' 마치 명칭이 불려지는 것이 매우 중요한 듯 말이다. 하나님은 마지막 때에 직분을 가진 자들 뿐 아니라 그 직분의 능력을 가진 자들을 세우시기 원하신다. 다시 말하면 이름으로가 아니라 능력으로 기능을 다 해야 한다는 것이다. 우리는 주님이 없이는 아무 것도 아니다.

사도

사도는 보냄을 받은 자다. 그의 사역은 다른 은사들 하나하나를 포용하고 하나님께서 허락하시는 대로 때때로 기능을 다 해야 한다. 그들은 일반적인 것을 넘어 어떠한 것을 가지고 있는 개인들이다. 사도는 특정한 사명을 위하여 하나님으로부터 보냄을 받은 자이다. 사람들은 스미스 위글스워즈(Smith Wigglesworth)를 믿음의 사도라 부른다. 그는 그리스도를 위해 새로운 정복의 길을 인도하였다.

선지자

선지자는 하나님의 영감과 계시로 말하는 사람이다. 이는 간단한 예언의 은사를 가지고 단순히 사역하는 사람과는 다르다. 예언하는 사람은 많으나 이것이 그들을 선지자로 만드는 것은 아니다. 선지자는 설교자 아니면 교사이다. 평신도 안에 선지자는 없다. 선지자는 선각자(先覺者)이다. 그는 환상과 계시를 가지고 교회를 향한 하나님의 계획을 통변할 수 있다. 그는 방향을 제시하고 그 순간 하나님의 마음을 말한다. 그는 그 순간에 임한 갑작스러운 감동으로 말하는 것이다.

복음전도자

복음 전도자는 설교자이다. 그는 예수 그리스도의 복음의 좋은 소식을 전한다. 그의 사역에는 표적과 기사와 기적이 따른다. 이 사역은 표적의 은사 때문에 흡수력을 가지고 있으며, 동서남북으로부터 사람들을 모을 것이다. 복음전도자의 참된 직분이 나타날 때 많은 회심자가 생기며 많은 기적이 나타난다.

목사

목사는 목자의 마음을 가지고 있다. 그는 아흔 아홉 마리의 양보다 한 마리 잃은 양을 찾아 떠난다. 그는 자신의 양을 위한 사랑과 하나님의 양떼를 돌보고자 하는 갈망이 있다. 그 직임에 서 있기 위한 목사의 은혜는 그리스도의 선물의 분량과 맞아야 한다(엡 4:7).

교사

교사는 자연적인 능력이 아닌 초자연적인 능력으로 가르치는 자이다. 그는 하나님의 양떼 앞에 서서 말씀을 쪼개어 양떼들에게 먹일 수 있는 능력을 가지고 있다. 그에게 양떼가 주님의 은혜와 지식 안에서 자라는 것을 보기 원하는 강한 갈망이 있다.

오중사역은 예수님께서 교회에 허락하신 하늘로부터 온 은사이다

이러한 오중사역의 은사는 사람에 의해 전이(접목)될 수 없다. 우리는 단지 우리의 삶에 임한 소명과 기름 부음을 인식할 수 있을 뿐이다. 평신도에게는 오중사역의 소명이 없다.

내가 어떤 곳에 갔더니 사람들이 나에게 "로드니 형제, 저는 파트타임 예언자입니다"라고 말했다. 만약 당신이 파트타임 사역자라면, 분명히 당신의 삶에 임한 은사는 그리 중요한 것이 아닐 수 있다. 성경은 사람의 선물(은사)이 그의 길을 넓게 한다고 말하고 있다(잠 18:16). 만약 그가 파트타임이라면 그의 삶 위에 임한 기름 부음은 많지 않을 것이다. 그렇지 않다면 그는 전임 사역자가 되어야 한다. 하나님께서는 그분이 명령하시는 것, 그분이 이끄시는 곳, 먹이시는 것, 그리고 인도하시는 곳, 제공하시는 것에 대하여 보상하신다.

권세 있는 직분의 오용

우리는 개인이 사도 혹은 선지자로 부르심을 받았다고 하여 그리스의 몸 된 전 교회 위에 군림할 권리가 없다는 것을 알아야 한다. 당신은 단지 보냄을 받은 사람들에게만 사도이지 교회 안의 모든 사람의 사도는 아니다. 어떤 사람들은 그리스도의 몸 된 전 교회 위에 군림하려 하고, 그들을 위한 장소가 아닌 곳에서 존경을 강요하며 권세를 세우고자 할 때 거의 주술적인(사교 숭배하는) 방법으로 운영하려 한다. 권세는 기름 부음으로부터 오고, 존경도 오직 기름 부음으로부터 온다.

어떤 주술이나 혹은 오순절이나 은사주의 교회마저도 존재하는 유일한 방법은 기름 부음에서 오는 신령한 지도력과 그 결과로 나타나는 존경을 통해서 온 것이 아니라 협박과 두려움을 통해서 온 것이다. 지도자들은 "만약 당신이 이 교회를 떠난다면 지옥에 떨어지게 될 것이오, 만약 십일조를 내지 않는다면 지옥에 가게 될 것이오, 내 권위에 대해서는 의심도 품지 마시오"라고 말하고 있다. 그들은 사람들을 조종하고, 지배하고, 굴욕감을 느끼게 하고, 협박하여 자신들을 거부하면 하나님께서 그 사람들을 거부하실 것이라는 생각까지 미치게 한다.

하나님은 교회를 조종하고 지배하기 위해 목회의 은사를 주신 것이 아니다. 오히려 교회를 인도하고 섬기라고 주신 것이다.

기억하라. 예수님께서 십자가에 달리시기 바로 직전에 하신 일은 제자들의 발을 씻기시는 것이었다. 우리는 모든 이들의 종이 되어야 한다. 그러나 아무에게나 노예는 아니다.

말씀에 대한 책임

나는 지도자들을 비방하고자 하는 것이 아니다. 그러나 하나님의 말씀에 대한 책임은 필요하다고 생각한다. 하나님께서는 목회자들에게 그들의 권위를 불법으로 사용하여 양떼에게 잔인한 일을 할 권리는 주시지 않았다. 예수님은 목자장이시고 우리는 그분에 대한 책임이 있다.

성경에서 "선생된 자가 더 큰 심판을 받을 줄 알라"(약 3:1)는 말은 그리 놀라운 일이 아니다. 그리스도의 몸된 교회에서 최근에 일어난 사건들을 보면 아무리 위대한 지도자라도 무너질 수 있다는 것을 증명하고 있다.

사람은 누구나 무너질 수 있다

나는 수 천 명의 사람들이 참석한 집회에서 하나님을 예배하고 있을 때 하나님의 위대한 두 명의 사람들이 강단 위로 올라온 때를 기억한다. 사람들은 하나님을 예배하는 것을 멈추고 휘파람을 불며 소리쳤다. 그 순간 나는 울면서 주님께 용서를 빌었다. "우리가 주님을 경배하는 것을 멈추고 이 사람들을 경배한 것에 대해서 너무나 죄송합니다." 주님은 내게 말씀하셨다. "사람은 누구나 무너질 수 있지만 예수님만이 높임을 받을 것이다."

우리는 하나님의 영광에 손을 댈 수도 없고 그래서도 안 된다는 것을 알아야 한다. 만약 누군가 손을 댄다면, 그것은 그들의 전락으로 이어질 것이다. 지금도 파괴의 벼랑 끝에서 왔다 갔다 하는 사람들이 있다. 하나님의 초자연적인 개입이 없으면 그들은 분명히 전락학도 말 것이다.

어떤 이는 부름을 받고, 어떤 이는 보냄을 받고, 어떤 이는 마이크를 들고 왔다가 떠난다

목회는 직장이나 직업이 아니다. 생계를 이어나가기 위해 결정하는 일이 아니다. 이는 부르심이며, 초자연적인 거룩한 소명이다. 성경은 '많은 사람이 부름을 받으나 선택된 자는 작으니라'(마 20:16b-한글 성경에는 없음)고 말씀하고, 또한 '너희가 나를 택한 것이 아니요 내가 너희를 택하여 세웠나니'(요 15:16a)라고 말씀하고 있다.

어떤 이들은 만약 당신이 사업에서 성공할 수 없다면 목회를 해야 할 필요가 있다고 하고, 사업에서 성공적이라면 목회에서도 성공적일 것이라고 한다. 둘 다 아니다. 목회는 하나님의 부르심과 관계가 있다.

목회는 사역(일하는 것)이다

다른 이들은 생각하기를, 하나님께서는 목회하는 일에서 게으른 자를 들어 쓰시고 보상할 것이라고 한다. 그러나 예수님은 공원을 거닐면서 방랑자 베드로와, 부랑자 야고보와, 게으름뱅이 요한을 찾으셔서 "나를 따르라. 너희로 사람 낚는 어부가 되게 하리라"고 말씀하시지 않으셨다. 그들은 어부로서 바쁘게 일하고 있었고, 주님은 오셔서 그들을 부르셨다.

나는 찰스 피니(Charles Finney)가 늘 말하던 것을 좋아한다. "나는 무릎을 꿇고 모든 것이 주님의 뜻에 달려 있는 듯 기도하고는 모든 것이 내 뜻에 달려 있는 듯 일어나 걸어 나간다." 목회는 게으른 사람을 위한 것이 아니라 주님을 위해 모든 힘을 다해 일하는 사람들을 위한 것이다. 성경은 "때가 아직 낮이매 나를 보내신 이의 일을 우리가 하여야 하리라 밤이 오리니 그 때는 아무도 일할 수 없느니라"(요 9:4)고 말씀하고 있다.

하나님의 부르심

하나님의 부르심은 거룩한 부르심이다. 그 부르심은 일반적인 것 이상이다. 그 부르심은 절대로 피할 수 없는 것이다. 그것은 당신의 삶 가운데 불타오르는 일이며, 문자 그대로 당신을 태워버린다. 그리스도의 몸 된 교회에서는 쓰임 받지 못한 사람이 한 사람이라도 있어서는 안 된다.

문제는 사람들이 형제 혹은 목사, 박사 등 누군가가 자신에게 강단을 내주어 설교해 달라고 부탁하기를 기다리기 때문이다. 당신의 강단은 가정에서부터 시작된다. 당신의 강단은 인도 위에서 시작된다. 당신의 강단은 길거리에서부터 시작된다.

미약한 시작의 날을 멸시하지 말라

내가 사역을 시작하던 때를 기억한다. 그 누구도 나를 원하지 않았다. 만약 내가 어떤 목사님께 전화를 걸어 "지금 마을을 지나고 있어요."라고 말했다면 그 목사님은 "매우 잘 됐군요. 계속 가세요."라고 말했을 것이다.

나는 아무도 나를 원하지 않는 그 때에도 하나님께서 나를 설교하도록 부르셨음을 알았다. 하나님께서는 1979년에 나에게 기름 부으셨으며, 나는 땅을 박차고 일어나 복음의 기수로 달리기 시작했다. 기회만 주어진다면 나는 어느 곳에서든 설교를 했다. 두 사람만 있어도 상관이 없었고, 그곳에 누가 있든 상관없었다.

작은 도시의 이백여 명의 사람들만이 앉을 수밖에 없는 강당을 찾아서도 갔다. 나는 수천의 전단지를 인쇄하고, 나흘 연속되는 집회를 광고한 적도 있었다. 첫날 내가 걸어 들어갔을 때 오직 여덟 명의 사람들이 앉아 있는 것을 보았다. 나는 기뻤다. 내가 시작하기 전에 한 사람도 없었으나 이제 여덟 명의 사람을 더 얻은 것이다. 나는 앞으로 나아가 폭풍우가 치듯 소리치며 설교를 하였다.

사흘 뒤 우리는 사십 명의 사람들로 집회를 마쳤다. 나는 성령의 부흥이 임하였다고 생각했다. 열 명이 구원을 받았고, 세 명이 성령 침례를 받았으며, 두 명의 귀머거리의 귀가 열렸다. 지금 그 때를 돌아보면 기쁘다. 왜냐하면 우리가 어디로부터 오게 되었는지 알 수 있기 때문이다.

당신이 뒤로 기댈 수 있는 어떤 것이 필요하다

초기에 사람들이 우리에게 오곤 했는데, 지금 생각해보면 그들은 우리를 도우려 했던 것이다. 그들은 나에게 이렇게 말도 했다. "당신이 아시다시피, 한쪽으로는 보험을 팔아야 할 거에요. 아니면 공기청정기나 혹은 모든 사람들이 필요로 하는 것들을 말이지요. 사역이 잘 안되면 적어도 무엇인가 기댈 수 있는 것이 필요하니까요."

나는 분개하여 거절했다. 그랬더니 사람들은 이렇게 말했다. "그럼, 당신 부인이 당신의 사역을 돕기 위해 부업으로 팔 수 있을 것이에요. 당신은 무엇인가 기댈 것이 필요해요."

나는 그들을 바라보았고 그들이 한 말은 나를 자극했다. 나는 화가 나서 말했다. "하나님을 송축합니다. 그분이 저를 설교하도록 부르셨으니, 저는 설교할 것입니다. 저는 복음을 전할 것입니다. 온 나라가 무너진다 해도 상관없습니다. 우리는 하나님께서 시키신 일을 할 것입니다."

나는 매년 내 아내에게 "여보, 내년은 금년보다 나아질 거요. 더 나빠질 수는 없잖소"라고 말하곤 했다.

당신이 목회를 시작할 때, 어려운 시간들이 있을 것이다. 그러나 그만 두지 않겠다고 마음속으로 다짐해야 한다. 뒤돌아서는 일이 없어야 한다. 나는 하나님께서 시키신 일을 그만 둘 바에야 죽고 말겠다. 나는 하나님의 성령이 부르셔서 하라고 하신 일을 결코 그만두지 않을 것이다.

대가를 지불하라

어떤 기간이 지나면, 당신은 당신의 적합한 장소를 발견하기 시작한다. 당신의 목적과 계획, 방향을 발견하기 시작하고, 하나님께서 어떤 길로 인도하고 계시는지 알기 시작한다. 이런 것은 하루 아침에 일어나는 일이 아니다. 성경은 "많은 사람이 부름을 받으나 선택된 자는 작으니라"(마 20:16b)라고 말씀하셨다. 이 구절을 이렇게 말할 수도 있다. "많은 이들이 부름을 받으나 어떤 이는 얼어버린다."

하나님은 사람들을 부르시고 기름 부으셨다. 그러나 그 중 많은 사람들이 그들의 삶에 임한 하나님의 소명을 결코 이루지 못할 것이다. 왜냐하면 그들은 대가를 치를 준비가 되어있지 않기 때문이다. 그들은 하나님께서 그들을 불러 세운 일을 할 준비가 되어 있지 않거나, 작은 일에 충실할 준비가 되어 있지 않다. 만약 당신이 작은 일에 충실하지 않으면, 하나님께서는 당신을 더 많은 것을 다스리는 주인으로 만들 수 없을 것이다.

나는 이 마지막 때에 하나님이 그리스도의 몸 된 교회를 사용하실 것을 믿는다. 이 순간에 10년, 15년, 20년 동안 하나님의 말씀을 받는 사람들이 있다고 믿는다. 그들은 이 마지막 때에 하나님을 만나게 될 것이다. 그들은 주님으로부터의 방문을 받게 될 것이고, 하나님께서는 2, 3개월 안에 그들을 파송할 것이다. 그들은 자신들의 모든 소유를 팔고, 낯선 땅으로 가서 예수 그리스도를 섬길 것이다. 나는 진심으로 이것을 믿는다. 절대로 "하나님께서는 나를 사용하시지 않을 것이다"라고 말하지 말라.

모든 사람들이 화해의 사역을 감당하도록 부름을 받았으니 서로가 서로에게 말하고 선포해야 한다. 모든 사람들은 예수 그리스도의 축복을 전하는 설교자가 되어야 하고 선포자가 되어야 한다. 당신의 일터에서부터 시작할 수 있다. 만일 당신이 화해의 사역에 충실하다면, 하나님께서는 그 일을 더 하게 하시고 어떤 다른 장소로 당신을 인도하실 것이다.

메시지 없이 가지 마시오

내가 남아프리카공화국에 살고 있을 때, 약 사백 명의 학생이 있는 성경 학교에서 가르치는 일을 하고 있었다. 나는 하루에 두 번씩, 일주일에 5일 동안 다른 과목을 가르쳐야만 했다. 그들에게 "이 중 얼마나 많은 학생들이 앞으로 설교를 할 것인가?"라고 묻기도 했다. 모두가 손을 들었다. 나는 말했다. "이 중에 몇 사람이 메시지를 가지고 있는가?" 아무 대답도 없었다. "이 중 몇 사람이 설교할 수 있는 자리를 원하는가?" 모두 손을 들었다. 그래서 나는 그들에게 말했다. "먼저 하나님으로부터 메시지를 받고 나서 설교할 수 있는 자리를 찾으라."

만약 당신이 설교지에 도착했을 때 전할 메시지가 없다면 설교할 수 있는 자리가 있다한들 무엇을 한단 말인가? 얼마나 많은 목사들이 그런 식인지 당신은 알고 있는가? 그들은 설교할 자리를 찾고 있지만, 막상 선교지에 닿았을 때에는 전할 메시지가 없다. 하나님께서 당신에게 메시지를 주실 것이다. 하나님께서 하나의 단어를 주시고, 당신이 그 단어를 전달하는 데에 신실하다면, 더 많은 것을 주실 것이다.

내가 가진 것처럼 내게 있는 것으로

베드로가 "은과 금은 내게 없거니와 내게 있는 것으로 네게 주노니 곧 나사렛 예수그리스도의 이름으로 걸어라"(행 3:6)고 말한 것처럼, 우리는 어디로 가든지 우리로부터 흘러나오는 모든 생명을 사람들에게 전해야 한다. 사람들은 13년이 지난 오늘날의 나의 목회사역을 보고 말한다. "일들이 놀랍게 잘 되어가고 있군요. 하나님께서 당신에게 놀랍게 축복하시네요." 그러나 그들은 우리가 지옥에 갔다가 이곳으로 돌아온 것을 알지 못한다.

우리는 하나님께 복종하고, 하나님께서 우리에게 시키신 일을 계속 하려는 결심을 갖고 있어야만 한다. 우리는 다른 사람들이 뭐라고 말하든지, 우리의 앞길에 있을 거부 행위에 대해 염려할 필요가 없다. 우리에 대해서 악담을 하는 사람들, 우리에 대한 이야기를 만들어 내는 사람들, 그리고 우리를 욕하는 사람들로 인해 방해받을 필요가 없다.

당신은 당신을 불러 세우시고 사랑 안에서 걸어가기를 결단하기 원하시는 하나님께 순종해야 한다. 궁극적으로, 결정적인 밑바닥의 순간까지 왔을 때 그 순간은 당신과 하나님뿐이다. 그 누구도 당신을 위해 어떤 일이 일어나게 할 수 없다. 만약 당신이 다른 이의 도움의 손길을 기다리고 있다면 잊어버리라.

당신의 손이 찾는 일이 무엇이든 간에 그것을 시작하라. 그곳엔 하나님의 일들이 진행되고 있으며, 기름 부음으로 들어가는 일들이 진행되고 있다. 이런 것들은 하루아침에 이루어지는 것은 아니다. 하나님께서는 하나님의 위대한 종들에게 하신 것처럼 목회를 하루아침에 당신에게 맡기시지 않으실 것이다. 사역은 시간을 필요로 한다.

준비하고 전진하라

예수님께서 3년 반의 사역을 준비하시기 위해 그의 생애의 30년을 보내신 것은 흥미로운 일이다. 오늘날 사람들은 신학교에 가서 30년의 사역을 위해 3년 동안 준비한다. 준비는 꼭 필요하다.

하나님께서 당신의 삶을 위해 예비하신 다음 단계를 위해 당신은 항상 계속적으로 준비해야 한다. 내가 1979년 7월 주님과의 만남 이후부터 지금에 이르기까지 하나님께서 내 삶과 목회를 위해 예비하신 일을 나는 아직도 계속 준비하고 있다.

나는 현재 우리가 하고 있는 일에 대해 만족하지 않는다. 나는 내가 할 수 있는 일이 더 있음을 알고 있다. 나는 하나님의 일에 보다 높이 나아가기를 원한다.

스미스 위글스워스(Smith Wigglesworth) 목사는 "자신이 불만족스럽기 때문에 만족한다"고 말했다. 우리는 결코 무기력한 자리에 이르거나 자기만족이나 우리가 있는 곳에서 만족하기를 원치 않는다. 그렇지 않다면, 우리는 결코 하나님께서 우리의 삶과 사역을 위해 예비하신 지점으로 전진하지 못할 것이다.

현재 당신이 어디에 있든지 갖게 되는 불만족은 하나님께서 당신에게 하라고 하신 사역으로 나아가지 못하게 만든다. 이제는 당신의 축복된 확신을 떠나서 하나님의 말씀에 따라 행동할 시간이다. 당신이 직접 할 수 있는 일은 무엇이든지 시작하라. 그리하면 기름 부음이 증가할 것이다.

다른 종류의 기름 부음

우리는 하나님의 말씀에서 다른 종류, 다른 타입의 기름 부음이 사람들에게 주어진 것을 보게 된다. 하나님께서는 "우리 각 사람에게 그리스도의 선물의 분량대로 은혜를 주셨나니"(엡 4:7)라고 말씀하신다. '은혜'라는 단어는 할 수 있게 하는 것, 능력, 혹은 기름 부음을 뜻한다. 우리는 앞에서 기름 부음이란 일을 성취시키는 초자연적인 무기라는 것을 이미 보았다.

예수님께서도 "주의 성령이 내게 임하셨으니 이는 가난한 자에게 복음을 전하게 하시려고 내게 기름을 부으시고 나를 보내사 포로된 자에게 자유를, 눈 먼 자에게 다시 보게 함을 전파하며 눌린 자를 자유롭게 하고, 주의 은혜의 해를 전파하게 하려 하심이라"(눅 4:18-19)고 말씀하셨다.

설교를 위한 기름 부음이 있다

설교자가 누구든지 간에 설교를 위한 기름 부음은 당신의 뼈 속에 쌓아 둔 불과 같은 것이다. 그 불은 제거해 버릴 수 없다. 메시지가 당신의 가슴 깊은 곳에서 타오를 때, 그 메시지는 큰 힘을 지니고 밖으로 나와야만 한다.

설교의 가장 위대한 특성은 기름 부음이라 생각하는데, 이 기름 부음으로 메시지가 전달된다. 어떤 사람들은 소리치는 것이 설교라고 생각한다. 하나님의 능력이 임할 때, 흥분되어 소리칠 수 있다 — 나도 그리한다 — 그러나 설교의 특성은 설교를 위한 기름 부음과 관계가 있다. 하나님은 당신의 혀에 기름 부으시고, 그 혀를 '글 솜씨가 뛰어난 서기관의 붓끝'(시 45:1)으로 만드신다. 당신은 하나님의 대언자와 같이 말하기 시작한다.

성경은 또한 "내 말이 불 같지 아니하냐 바위를 쳐서 부스러뜨리는 방망이 같지 아니하냐"(렘 23:29)라고 말씀하고 있다. 하나님의 말씀은 기름 부음 아래에서 전달될 때, 죄를 깨닫게 할 것이고 듣는 이의 삶에 변화를 가져오게 될 것이다. 설교는 즐겁게 하려고 하는 것도 아니고, 신조에 집착하게 하려는 것도 아니다.

견책, 경계, 권면

사도 바울은 디모데에게 이렇게 말했다. "너는 말씀을 전파하라 때를 얻든지 못 얻든지 항상 힘쓰라 범사에 오래 참음과 가르침으로 경책하며 경계하며 권하라"(딤후 4:2). 그가 경책이라고 말한 것에 주시하라. 경책은 타이르거나 충고하는 것을 뜻한다. 그 다음에 말한 경계는 질책을 뜻하고, 권면은 용기를 북돋우거나 격려하는 것을 뜻한다.

설교의 삼분의 이는 경책과 경계이고, 삼분의 일은 권면이다. 오늘날의 교회가 가지고 있는 문제 중의 하나는 많은 설교자들이 문제점을 지적하기보다는 문제점 주변 것들을 설교한다는 것이다. 성경은 마지막 때에 사람들이 "바른 교훈을 받지 아니하며 귀가 가려워서 자기의 사욕을 따를 스승을 많이 두고 또 그 귀를 진리에서 돌이켜 허탄한 이야기를 따르리라"(딤후 4:3, 4)고 하셨다.

설득의 기술

찰스 그랜디슨 피니(Charles Grandison Finney)는 그의 집회에서 나타나는 여러 가지 외적 현상들로 인하여 비난을 받을 뿐만 아니라 그의 설교의 방법 때문에도 비난을 받았다. 그는 죄인에 대하여 말할 때, '그들'이라는 말 대신에 '당신들'이란 말을 사용했다. 그는 앉아 있는 사람들의 의자가 진동할 만한 방법으로 지옥에 대해 이야기 했다. 모든 메시지를 통해 사람들을 결단하게 하였다.

설교는 세 가지 대지를 읽고 시 한 수를 읽으라는 식의 설교학이 아닌 사람들을 결단의 단계로 이끄는 능력이다. 아그립바 왕이 바울에게 말했다. "네가 적은 말로 나를 권하여 그리스도인이 되게 하려 하는도다"(행 26:28).

찰스 피니(Charles Finney)는 목회를 시작하기 전에는 변호사였다. 그가 목회 사역에 들어섰을 때, 자신의 능력을 사용하여 마치 재판에서의 사건을 변호하듯 설교했다. 그는 마치 배심원 앞에 서서 그들을 확신시키는 것 같이 설교를 했다. 마지막에는 그들의 결단을 강요하였다.

이런 방식이 라디오, TV, 확성기나 마이크가 없던 시절 그의 사역에 성공을 가져왔다. 그는 약 오십만 명의 영혼들을 예수님께로 인도했다. 피니의 집회에서 회심한 약 85%의 사람들이 믿음을 지켰다고 말한다. 현재의 복음전도율과 비교해 볼 때, 매우 높은 수치이다.

가르침의 기름 부음이 있다

가르침의 기름 부음은 설교의 기름 부음과는 다르다. 이것은 좀 더 차분하나 명확한 흐름을 가지고 있다. 가르침의 기름 부음은 듣는 이로 하여금 하나님의 성령이 교회에서 분명하고 명확하게 말씀하시는 것을 볼 수 있는 계시를 전달한다.

오늘날의 많은 모임들이 간단한 복음을 가르치는 대신, 사람들의 삶을 오히려 복잡하게 만든다. 사람들을 자유함으로 인도하는 설교를 하는 대신에 오히려 속박과 전통으로 이끄는 설교를 하는 것이다.

바울은 갈라디아 교회에 다음과 같은 편지를 보냈다. "어리석도다 갈라디아 사람들아 예수 그리스도께서 십자가에 못 박히신 것이 너희 눈앞에 밝히 보이거늘 누가 너희를 꾀더냐"(갈 3:1). 유대인들은 할례를 설교하면서 갈라디아 교회를 율법 아래 두고자 노력했다. 바울은 그들에게 말했다. "너희가 이같이 어리석으냐 성령으로 시작하였다가 이제는 육체로 마치겠느냐"(갈 3:3).

메시지를 간단하게 하라

우리는 하나님의 양들을 양육하기 위해서 복음을 간단하게 해야 한다. 양들을 질식시켜서는 안 된다. 시편에도 "그가 나를 푸른 초장에 누이시며 쉴 만한 물가로 인도하시는도다"(시편 23:12)라고 말하고 있다. 진정한 목자는 자신의 양에게 빠르게 흐르는 시냇물을 먹이지 않을 것이다. 양이 익사할 것이기 때문이다. 목자는 양들을 강 언덕에 U자 모양을 만들어 물이 들어오게 한다. 그러면 양들은 잔잔한 물을 마실 수 있다.

교회도 마찬가지다. 하나님의 말씀을 간단하게 가르칠 경우 하나님의 사람들은 자유케 되고 성숙하게 될 것이다. 기본적인 성경 교리들, 즉 하나님의 말씀의 절대성과 같은 것에 대해서는 우리는 교리적일 수 있다. 그러나 하나님의 말씀 가운데 절대성이 아닌 것에 관해서는 교리적일 수도 없고 교리적이 되어서도 안 된다.

아프리카에서 자유롭게 돌아다니는 동물은 기린이다. 기린은 목이 긴 동물로 유명하다. 긴 목 때문에 높은 나무의 잎도 먹을 수 있는 능력을 가지고 있다. 사슴과 같이 그보다 작은 동물들은 이러한 높은 나무에 닿을 수 없으며 그러므로 땅의 것을 먹는다.

굶은 양과 변비에 걸린 목자

많은 목회자들은 작은 사슴들이 높은 곳에 닿을 수 없어 굶고 있음에도 불구하고 기린을 먹이고 있다. 그들은 설교를 듣는 것이 무엇인지도 이해하지 못한다.

나는 많은 사람들이 이 땅의 강단에서 설교되는 것을 이해하지 못한다는 사실 때문에 괴롭다. 그들은 교회 의자에 앉아서 '나는 저 분이 하는 말이 뭔지 모르겠어' 하고 생각한다.

그런데 다른 사람들이 필기하는 것을 보고 속으로 생각한다. '그래, 저 사람들은 목사가 무슨 말을 하는지 이해하는가 보군. 나는 모르겠어. 나는 항상 이해하는 거서에 느리잖아' 그러나 그들은 필기하는 사람들조차 설교자가 무엇을 말하고 있는지 모르고 있다는 것을 알아야 한다. 아마도 그들은 친구들에게 편지를 쓰고 있을 지도 모른다. 만약 이것이 사실이라면 설교자조차도 자신이 말하는 것이 무엇인지 알지 못하는 것이다.

복음을 간단하게 설교하는 것으로 돌아감으로써 양들은 양육될 것이다. 하나님의 말씀은 너무나 간단하기 때문에 당신이 바보라도 그 말씀을 이해하도록 도와 줄 것이다.

치유의 기름 부음이 있다

치유의 기름 부음이 있다는 것을 알아야 한다. 성경은 "하나님이 나사렛 예수에게 성령과 능력을 기름 붓듯 하셨으매 저가 두루 다니시며 선한 일을 행하시고 마귀에게 눌린 모든 자를 고치셨으니 이는 하나님이 함께 하셨음이라"(행 10:38)고 말씀하신다.

기름 부음은 하나님의 임재하심이다. 우리는 하나님의 임재하심에 기쁨이 충만함이 있다는 것을 알고 있다. 그래서 하나님께서 임재하시면 치유도 일어나며, 하나님의 임재하심 안에는 부족함이 없는 것이다.

말씀을 통한 치유

치유의 기름 부음은 몇 가지 방법으로 나타난다. 우리는 말씀을 통한 치유를 성경 안에서 찾아볼 수 있다. "그가 그의 말씀을 보내어 그들을 고치시고 위험한 지경에서 건지시는도다"(시 107:20)라고 말씀하신다. 하나님의 말씀이 믿는 자의 입술을 통해 믿음으로 선포되어질 때마다, 하나님의 치유의 능력은 활성화된다. 예수님은 종종 말씀을 선포하셨고 많은 사람들이 치유함을 받았다.

종의 치유를 위해 예수님을 찾아 온 백부장의 이야기를 기억하는가? 백부장은 예수님께 말했다. "다만 말씀으로만 하옵소서 그러면 내 하인이 낫겠삽나이다. 나도 남의 수하에 있는 사람이요 내 아래도 군사가 있으니 이더러 가라 하면 가고 저더러 오라 하면 오고 내 종더러 이것을 하라 하면 하나이다"(마 8:8, 9). 예수님께서는 이와 같은 믿음을 이스라엘에서 본 적이 없다고 말씀하셨다. 백부장의 종은 예수님께서 말씀하셨을 때 치유함을 받았다.

은사를 통한 치유

우리는 하나님께서 성령의 은사를 주심으로 개인들을 사용하시기 시작하는 것을 보게 되고, 그 개인의 믿음의 분량과 성격에 따라 능력을 발휘하는 것을 알게 된다.

성경은 성령의 세 가지 능력의 은사에 대하여 말하고 있다(고전 12:9, 10). 이러한 은사들이 교회에 주어진 것은 어떤 일을 하기 위한 것이며 이들은 초자연적인 은사이다.

믿음의 은사는 하나님의 믿음이 특정한 시간에, 특정한 장소에서, 특정한 목적을 위해 사람에게 전수되어 나타나는 초자연적인 현상이다. 은사가 역사하기 시작할 때, 엄청난 담대함이 그 개인의 삶 속에서 나타난다. 초자연적인 믿음이 당신의 삶에 부어질 때, 의심과 불신은 사라진다. 지옥으로부터 온 지독한 쌍둥이(의심과 불신)는 믿음의 은사가 역사하기 시작할 때 떠나게 된다.

이유의 은사는 의사나 약이 필요 없이 여러 가지 병을 고치기 위한 하나님의 초자연적인 은사이다. 이 은사가 역사할 때, 많은 사람들의 여러 가지 질병이 그 자리에서 치유 받게 된다. 많은 경우 치유의 은사는 지식의 말씀과 함께 역사 되는 것을 볼 수 있다.

기적의 은사는 자연계의 운행 가운데 하나님의 초자연적인 개입이며, 창조적인 기적의 분야에 속할 수도 있다. 사도행전에 보면 "하나님이 바울의 손으로 희한한 능을 행하게 하시니 심지어 사람들이 바울의 몸에서 손수건이나 앞치마를 가져다가 병든 사람에게 얹으면 그 병이 떠나고 악귀도 나가더라"(행 19:11, 12)고 말씀하고 있다.

안수를 통한 치유

하나님께서는 "믿는 자들에게는 이런 표적이 따르리니 곧 저희가 내 이름으로… 병든 사람에게 손을 얹은즉 나으리라"(막 16:17, 18)고 말씀하신다. 안수에 관한 것은 나중에 다른 장에서 취급할 것이다.

안수함으로써 치유가 일어나지만 하나님의 말씀을 통한 치유도 있다. 왜냐하면 하나님의 말씀은 기름 부어졌기 때문이다. 말씀은 개인의 마음속에서 믿음과 합쳐졌을 때 치유를 가져온다.

성령의 은사를 통한 치유도 있다. 치유의 기름 부음은 서로 다른 사람을 통해 다른 방법으로 흘러 나가는 것을 볼 수 있다.

하나님께서는 한 목회자를 이런 방법으로 사용하시고, 다른 목회자를 다른 방법으로 사용하실 수 있다. 우리는 절대로 하나님을 박스 안에 가두어 두어서는 안 된다. 하나님께서는 누구로부터도 지배를 받지 않으신다. 하나님은 변화의 하나님이며, 다양성의 하나님이시다. 이것에 관한 것은 치유의 기름 부음을 다루는 장에서 더 자세히 설명할 것이다.

당신은 안수함으로써 만질 수 있는 기름 부음으로, 하나님의 말씀을 믿는 믿음으로 사역하면 치유가 일어나는 것을 볼 것이다. 하나님께서는 아픈 자들에게 사역할 수 있는 특별한 기름 부음으로 은혜를 베푸신다. 어떤 이는 마가복음 16장의 말씀을 믿고 예수의 이름으로 믿음 안에서 사람들에게 안수할 때, 엄청난 일들이 일어나는 것을 보게 된다.

서로 다른 소명은 서로 다른 기름 부음을 말한다

내가 개인적으로 믿는 것은, 기름 부음이 사역자의 삶에 주어진 소명에 따라 좌우된다는 것이다. 우리는 하나님께서 '내가 나의 안수함으로 네 속에 있는 하나님의 은사를 다시 불일듯하게 하기 위하여'(담후 1:6)라고 말하고 있음을 알고 있다. 우리는 이 은사를 불일듯하거나 사용하지 않을 수 있다.

예를 들어, 한 달란트를 받은 사람과 두 달란트를 받은 사람과 그리고 다섯 달란트를 받은 사람에 관한 비유가 생각나게 한다. 한 달란트를 받은 사람은 그 달란트를 땅에 묻어 두었다가 결국 그것마저 잃게 되었다.

이 비유가 말하는 바와 같이, 만약 당신이 그것을 사용하지 않는다면 당신은 그것을 잃게 될 것이다. 우리는 하나님께서 우리에게 주신 것을 가지고 신실해야만 한다. 만약 우리가 작은 것에 충실하면 하나님은 우리를 더 많은 것을 다스리는 사람으로 만드실 것이다.

서로 다른 사람들을 위한 각기 다른 만지심

한 사역은 치유를 강조하고, 다른 사역은 설교나 가르침을, 또 다른 사역은 구원을, 또는 성령 세례를 강조할 것이다. 이 다양성 때문에 우리는 그리스도의 몸 된 전 교회를 인식하고 그리고 서로를 필요로 한다는 것을 이해할 수가 있다. 발은 손에게 "나는 네가 필요 없어"라고 말할 수 없다. 그리고 눈은 귀에게 "나는 네가 필요 없어"라고 말할 수 없다. 만약 모든 몸이 눈이라면 무엇으로 듣겠는가?(고전 12:15-17). 우리는 서로를 필요로 한다.

다른 사람의 기름 부음을 당신의 마음으로 계산하지 말라. 만일 그가 열매를 맺고, 사람들을 구원하고, 치유하고, 자유케 한다면 사람들 사이에서 놀라운 일을 행하신 하나님께 영광을 돌려라.

질그릇 안에 있는 하나님의 영광을 바라보라. 왜냐하면 성경은 우리가 질그릇 속에 보배를 가졌다고 말씀하기 때문이다. 마지막 때에 하나님께서는 함께 흘러가는 한 그룹의 사람들을 세우시고 계시는데, 이 사람들은 서로를 비판하지 않고, 그리스도의 몸 된 교회를 위해 위대한 일들을 성취할 것이다.

이 모든 것은 기름 부음 안에 있다

오중사역과 평신도 사이에는 다른 점이 있다. 그 다른 점은 기름 부음이다. 우리가 기름 부음을 이해할 때, 기름 부음이란 하나님께서 인간 위에 내리시는 하나님의 은혜라는 것을 이해해야 하다. 성경은 다음과 같이 말한다. “저희가 베드로와 요한이 담대하게 말함을 보고 그들을 본래 학문 없는 범인으로 알았다가 이상히 여기며 또 전에 예수와 함께 있던 줄도 알고”(행 4:13).

하나님은 주님과 함께 걸어가는 매일의 삶 가운데서 우리에게 기름 부으신다. 하나님의 모든 자녀들은 화해의 사역을 가지고 있으나, 모든 사람들이 오중사역에 부름을 받은 것은 아니다. 성경은 “우리 각 사람에게 그리스도의 선물의 분량대로 은혜를 주셨나니”(엡 4:7)라고 말씀하고 있다. 당신은 이렇게 말할 수도 있다. “그러나 우리 각 사람에게는 능력과 기름 부음이 은사의 분량에 따라 주어졌습니다.”

부르심은 기름 부음과 동등하고 능력과 동등하다. 하나님께서는 일을 수행하는 능력을 주시지 않고 일을 하도록 당신을 부르지는 않으실 것이다. 하나님께서 부르신 자들은 주님이 기름 부으시며 임명하신다.

기름 부음을 증가시키는 방법

형식이 아닌 관계성

우리의 삶에서 기름 부음을 촉진시키기 위해 우리가 사용할 수 있는 몇 가지가 있다. 여기서의 첫 제목이 기름 부음은 형식이 아니라 관계라고 했다.

많은 사람들은 하나님의 위대한 종들을 모방하려 한다. 사람들은 그들의 걸음걸이로 걷고 말하는 대로 말하려 하지만 예수님과의 관계는 없다. 사람들은 예수와의 관계를 이용하여 하나님의 기름 부음이 그들의 삶에 나타나게 하기 위한 수단으로 사용한다. 예를 들면, 어떤 목회자들은 사람들이 치유 받게 하기 위해서가 아니라 사람들을 모으기 위해 치유 집회를 갖는다. 그 집회는 기적이 일어나는 것을 보기 위한 잘못된 동기에서 갖게 된 것이다.

스미스 위글스워스 목사가 가진 것은 무엇이든 갖기를 원하는 개인들과 대화를 나눈 적이 있다. 그들은 그의 삶을 연구한 결과 스미스 위글스워스가 새벽 네 시에 일어나 성찬식을 가졌다는 것을 알아내었다. 그리고 나서 위글스워스는 세 시간씩 기도하였다. 그래서 그들은 동일한 일을 하기 시작했다. 그러나 얼마 뒤 그들은 아침에 늦게 일어나기도 했으며, 기도하는 대신에 잠들었다는 것을 알았다.

이러한 행동은 관계가 아닌 형식에 기초한 것이다. 스미스 위글스워스는 이런 모든 일들을 그의 삶에서 기적이 일어나게 하기 위해서 한 것이 아니다. 이것을 인식하는 것이 중요하다. 그는 주님과의 관계를 갖고 있었다. 그러한 관계로부터 그는 목회를 했으며, 기적이 일어난 것은 그 열매였다.

성경은 "저희가 베드로와 요한이 담대하게 말함을 보고 그 본래 학문 없는 범인으로 알았다가 이상히 여기며 또 그전에 예수와 함께 있던 줄도 알고"(행 4:13)라고 말씀하고 있다.

사람들은 당신이 최근 예수님과 함께 있어 왔다고 말할 수 있는가? 베드로와 요한이 행한 것은 형식에 바탕을 둔 것이 아니라 예수 그리스도와의 관계에 기초를 두고 있다.

인격이지, 방언이 아니다

많은 오순절 교단이나 은사주의 교단이 표출하고 있는 가장 큰 문제 중의 하나는 사람들이 성령을 바라지 않고 방언을 추구하는 것이다. 무엇보다도, 성령은 언어가 아니고 인격이시다. 예수님께서 제자들에게 "너희는 위로부터 능력을 입혀질 때까지 이 성에 머물라"(눅 24:49)고 말씀하셨다.

어떤 사람들은 주님이 "너희가 방언을 받을 것이다."라고 말씀하셨다고 생각한다. 능력이 없는 방언이 좋을 것이 무엇인가? 오늘날 능력이 적은 수다스러운 신자들이 많다.

예수님께서 성령을 기다리라고 말씀하셨을 때, 그들은 무엇을 기다려야 하는지 모르고 있었다. 만약 누군가가 문을 두드리고 들어와 "나는 성령이다"라고 말씀하셨다면 내가 확신하는 것은, 그들은 분명히 "네, 예수님께서 당신이 오실 것이라고 말씀하셨습니다"라고 했을 것이다.

그러나 오순절 날 하늘로부터 급하고 강한 바람과 같은 소리가 들렸다. 불의 혀같이 갈라지는 것이 그들에게 나타나서, 각 사람 위에 임하였다. 그들은 모두 성령으로 충만하여 지고 다른 방언으로 말하기 시작했다(행 2:1-4).

그들은 먼저 충만해졌으며, 그 다음에 말했다는 것에 주시하라. 그들이 먼저 충만하게 채워졌으며, 능력은 삶의 증거였다. 알다시피 초대교회는 본질을 가지고 있었으나, 훗날 교회는 불행하게도 형식을 가지고 있다. 본질로 돌아가자. 초대교회가 가지고 있던 만질 수 있는 하늘의 실체로 달려가자.

하나님과의 만남

만일 우리가 하나님으로부터 쓰임을 받는다면, 주님과 만남을 갖는 것이 필요하다. 바울은 길에서 주님을 어떻게 만났는가에 대하여 말했다. 모세는 불 붙는 떨기나무의 체험을 하였다. 솔직히 말하자면 하나님에게로부터 쓰임 받은 모든 이들이 그러했다.

욥은 시련 끝에 하나님과 만났다. 하나님은 욥에게 나타나셔서 이 땅의 기초가 놓여질 때 욥이 어디에 있었는가 물으셨다. 하나님은 욥에게 "네가 하나님처럼 능력이 있느냐 하나님처럼 천둥소리를 내겠느냐"(욥 40:9)고 물으셨다.

결국 욥은 하나님께 말했다. 욥의 말은 우리 중 많은 사람들을 대신하는 말이라고 생각한다. 욥은 말했다. "내가 주께 대하여 귀로 듣기만 하였사오나 이제는 눈으로 주를 뵈옵나이다"(욥 42:5). 이는 책을 읽는 것과 이 책의 저자를 만나는 것은 전혀 다르다.

기도의 삶

기도란 무엇인가? 기도는 쌍방향의 커뮤니케이션이다. 그러나 많은 신자들의 삶에서 기도는 일방적인 대화이다. 그들은 "주시옵소서! 주시옵소서"하고 기도한다. 그들은 항상 구하고 있다.

신자들의 기도는 특정한 단계의 영적 상태를 유지하기를 원하는 기독교인에 의해 매일 이루어지는 종교적인 의식이 되어서는 안 된다. 기도는 사랑으로부터 하늘에 계신 아버지와 매일 갖게 되는 관계가 되어야 한다.

우리는 옛 언약 아래 있지 않고 새 언약 아래 있음을 알아야만 한다. 새 언약 아래 이루어진 것은 무엇이든지 믿음과 사랑으로 되어져야 한다. 그렇지 않으면, 기도는 죽은 것에 불과하다. 이것은 회개를 필요로 하는 것이다.

기도의 라이프스타일

모든 믿는 자들은 기도의 라이프스타일(삶의 모형)을 개발할 필요가 있다. 성경은 "쉬지 말고 기도하라"(살전 5:17)고 말씀하고 있다. 우리는 기도의 정신으로 살 수 있다는 것을 인식할 필요가 있다. 그래서 우리는 항상 기도한다. 우리의 마음은 항상 주님께 울부짖을 수 있다. 우리가 생각하는 삶은 결코 하나님으로부터 멀리 떨어져 있지 않다.

나는 왜 주님께 어떤 사람들은 그들의 삶에서 주님의 만지심을 전혀 느끼거나 알아채지 못하는 가를 여쭈어보았다. 그것은 그들이 깨어 있는 대부분의 시간 동안 그들의 삶의 일들에 얽매여 있기 때문이다. 그들의 마음은 하나님으로부터 멀리 떨어져 있다.

유다서 1장 20절은 "사랑하는 자들아 너희는 너희의 지극히 거룩한 믿음 위에 자신을 세우며 성령으로 기도하며"라고 말씀한다. 성령 안에서 기도하고 영적으로 자신을 쌓아 올리는 것은 매우 중요하다. 한 번만 기도드리는 것이 아니라 계속 기도 가운데 있어야 한다. 성령 안에서 머무르라.

다른 기도에 따른 다른 법칙들

스포츠의 종류에 따라 서로 다른 법칙이 있듯이, 기도의 종류에 따라 서로 다른 법칙이 있다. 하나님으로부터 쓰임 받는 신자들에게는 기도해야 할 필요가 있는 여러 가지 중에서 특히 두 가지의 기도가 있다. 첫 번째 기도는 성별(聖別)의 기도이다. 예수님은 겟세마네 동산에서 이 기도를 드렸다. 아버지의 뜻을 행하기 위하여 자신의 뜻을 성별하는 기도였다.

두 번째 기도는 회개의 기도로서, 항상 우리의 마음을 하나님 앞에 합당하게 하고자 하는 것이다. 이 기도는 죄의식의 바탕에서 되어진 것이 아니라 예수님을 향한 우리의 사랑으로부터 되어진 것이다. 어떠한 방법으로든, 어떠한 모양으로든, 어떠한 형식으로든 주님을 아프게 하는 일을 하지 않아야 하는 것이다.

유감스럽게도 이러한 두 가지 기도는 많은 사람들의 삶에서 찾아볼 수 없다. 기름 부음을 갈망하는 사람들을 위해, 성별된 심령, 복종하는 심령, 회개하는 심령은 하나님으로부터 쓰임 받을 것이다.

하나님은 자신의 천국에서 포로인가?

교회에 부흥이 일어나려면, 우리의 기도 생활이 영적 전쟁의 태도로, 마귀를 대적하는 방향으로 해야 한다고 생각하는 사람들이 교회 안에 있다. 그들이 믿는 것은 우리가 하늘나라에서 마귀와 전쟁을 일으켜 하나님을 해방시킴으로서 하나님이 자유롭게 운행하실 수 있도록 해야 한다는 것이다. 그들은 마치 하나님이 하늘의 영계 가운데 묶여 있어서, 하나님의 계획과 목적을 이 땅에서 이룰 수 있도록 구원해 줄 신자를 간절히 기다리고 있는 것처럼 행동한다.

여보, 내가 사단과 「닌텐도(Nintendo)」 게임을 날려 보냈소

우리의 영적 전쟁의 무기는 육적인 것이 아니다. 요새를 무너뜨리는 예수님께서 이천년 전에 사단을 정복하셨다는 것을 이해하지 못하는 초신자들에게는 영적 전쟁이란 「닌텐도」게임 밖에는 되지 않는다. 주님은 신자들에게 능력을 주시기 위해 성령을 보내셔서 개인들의 삶을 통해 사단을 정복하도록 하셨다.

이 게임에서 사단은 신자들의 눈으로 보기에 거대하고 강한 힘을 가지고 있는 듯 보인다. 하나님은 그를 묶어두는 데 어려움을 겪고 계신 듯 보인다. 신자들은 복음을 선포하기 보다는 벽장 안에서 사단과 영적 전쟁을 하고 있다. 많은 사람들이 영적 전쟁을 하는 환상의 세계에서 살고 있다. 그것은 아마도 악몽을 꾼 결과이거나 피자 치즈를 너무 많이 먹은 탓일 것이다.

이런 현상이 교회에 침투하여 예배, 기도, 그리고 말씀 공부에도 침투하며 어떤 교회에 가 보면 그들이 누구를 예배하고 있는지 의아해 할 정도다. 그들이 하는 것은 사단에 대해 이야기하고 그들이 하는 일에 대해 기도하는 것뿐이다. 설교와 그들의 신성한 방언도 사단에 대한 것이다.

예배가 끝날 즈음에는 모든 신자들은 두려움에 쌓인 흥분으로 발을 구른다. 그 장면은 마치 공포 영화를 본 후 어두운 공동묘지를 지나야 한다고 들은 많은 어린 아이들을 상기시킨다.

생각과 영계에 있는 견고한 진을 무너뜨려야

성경은 다음과 같이 말하고 있다. “우리의 싸우는 무기는 육신에 속한 것이 아니요 오직 어떤 견고한 진도 무너뜨리는 하나님의 능력이라 모든 이론을 무너뜨리며 하나님 아는 것을 대적하여 높아진 것을 다 무너뜨리고 모든 생각을 사로잡아 그리스도에게 복종하게 하니”(고후 10:4-5). 이것은 하늘(영계)에서의 전쟁이라기보다 마음속에서의 전쟁에 대하여 말하는 것이다.

우리는 예수님을 포함하여 바울이나 그 어떤 누구도 소위 영적 전쟁이라 부르는 관례에 빠진 이야기를 찾아볼 수 없다. 이 관례는 천사가 통과하려고 노력하는 동안 다니엘의 21일 간의 금식에 기초한 것이다. 이것은 물론 옛 계약이다. 지금은 성령이 이 땅 위에 계신다. 성령은 오순절에 오셔서 그 이후에 결코 떠나지 않으셨다.

아무런 결실도 맺지 못하는 종교적인 관례에 빠져들기보다는 우리 모두 성령의 능력을 나타내는 복음의 선포로 돌아가서 하나님나라를 세우는 열매를 맺자. "하나님의 나라는 먹는 것과 마시는 것이 아니요 오직 성령 안에서 의와 평강과 희락이라"(롬 14:17).

이 세상에서 가장 위대한 영혼 구원자들이 이러한 관례에 빠진 적이 없는 것은 흥미로운 일이다. 그들은 기도하는 데 시간을 보내고, 매일 마다 주님과 관계를 갖으며, 주님과의 교제를 통해 넘쳐흐르는 기름 부음으로 목회 사역을 감당하였다.

예수님께서는 어떻게 하셨는가?

예수님께서 사단에게 시험을 받으셨을 때, 주님은 사단을 쫓아 내버리지 않으시고 말씀하시기를 '기록되었으되'(마 4장)라고 하셨다. 주님이 나사로의 무덤 앞에 서서 기도하셨을 때, 그 기도는 절망으로부터가 아닌 주변에 있는 사람들의 유익을 위한 것이었다. 주님은 먼저 하늘을 우러러 보시고 오직 하나님에게만 말씀하신 후 사단의 영역에 대해 언급하시지는 않았다. 그리고서 하늘에 계신 아버지와의 관계 속에서 주님은 원했던 결과를 선포하셨다(요 11:41-44).

또한 거라사인의 지방에서 귀신들은 예수님이 누구인가를 알고 있었다. 그들은 말했다. "나와 당신이 무슨 상관이 있나이까?" 그들은 그들의 시간이 오직 오지 않았음을 알고 돼지 떼에게 들어가게 해달라고 간청하였다. 주님은 세 시간 동안의 전쟁이 아닌 한마디로 끝내셨다(막 5:1-14). 가라!

진정한 중보기도가 있다

나는 진정한 중보기도에 대해 반대하지 않는다. 진정한 중보기도는 성령께서 어떠한 상황이든 하나님의 완전한 뜻을 이루기 위하여 우리를 통해 기도하시는 것이다. 그러나 나는 개인의 삶에서 교만만을 나타내면서 하나님나라 안에서 사람들의 기쁨과 평화와 열매를 빼앗아 버리는 육적인 기도는 반대한다.

캘리포니아의 LA와 같은 도시는 최근에 어떤 모양이든 기도로 폭발한 전형적인 곳이다. 그렇지만 LA는 부흥을 빼고는 모든 것을 맛 보았다. 그 도시는 지진, 인종 폭동, 가뭄 등 많은 것을 보았다. LA에 부흥이 오지 않을 것이라는 말이 아니다. 부흥이 온다면, 아니 부흥이 올 때에는 그것은 사람의 명성이나 영광 때문이 아니라 사람을 통하여 외형적으로 나타나는 성령의 역사일 것이며 많은 사람들을 하나님나라로 인도하는 결과를 낳게 될 것이다.

사실이냐 공상이냐?

나는 진정한 중보기도를 반대하지 않는다는 것을 다시 한 번 강조하고자 한다. 그러나 사단은 교회가 기도하는 것을 멈추게 할 수 없다는 것을 알고 있음을 기억해야 그럼에도 불구하고 사단은 우리가 잘못된 방향으로 기도하도록 유도할 수 있다. 잘못된 방향의 기도는 쓸모없는 결과로 귀결될 뿐이다. 신자들을 좌절시키고, 초자연계의 영적전쟁과 마귀의 세력에게 붙잡혀 외관상으로는 끝이 없는 전쟁을 싸우게 한다. 그 때는 신자들은 예수님의 일, 즉 설교, 가르침, 그리고 하나님의 능력 등을 절대로 행할 수 없게 된다.

이러할 때 남녀 목회자들이 목회 사역을 한다 할지라도, 그 사역은 갈보리에서 보혈로 산 승리를 완성된 일로 바라보는 승리자의 정신력을 갖고 있지 못한다. 대신 그 사역은 크리스천 작가의 소설의 시각을 통해 정신적으로 바라본 영적전쟁이다. 진실을 말하자면, 예수님은 이 전쟁을 이미 이기셨고 우리에게 권능과 권세를 주셨다.

붉은 천의 정신 상태

교회를 보면 투우장 안에서 황소가 붉은 천을 자신의 적대자로 생각하고 쫓아가는 것을 기억나게 한다. 황소는 자신에게 문제가 되는 자는 붉은 천을 들고 있는 투우사라는 것을 인식하지 못하고 있다. 만약 황소가 이러한 진실을 알게 된다면 이는 투우사의 마지막 날이 될 것이다. 하나님의 말씀도 마지막 날에 우리의 원수가 드러날 때에는 많은 사람들이 놀라게 될 것이라고 선포하고 있다. 사람들은 "왕들을 파멸시킨 자가 이것이란 말이야?"라고 말할 것이다. 교회를 포함한 많은 사람들이 놀라게 될 것이다.

우리는 사단이 패배 당한 것을 알아야 한다. 사단은 전재(全在)하지도 않고, 창조주도 아닌 피조물이다. 이러한 간단한 사실을 알게 되면, 기도는 근본적으로 주님과 관계를 갖기 위해 사용되어야 하고, 주님의 임재하심에 충만하여 시간을 보내야 하는 것임을 알게 하는 데에 도움을 줄 것이다. 그 후에 비로소 우리는 주님의 만지심에 충만함으로 상처받은 사람들의 필요에 따라 목회 사역에 임할 수 있다.

하나님의 말씀 연구

바울은 디모데에게 "너는 진리의 말씀을 옳게 분변하며 부끄러울 것이 없는 일꾼으로 인정된 자로 자신을 하나님 앞에 드리기를 힘쓰라"(딤후 2:15)고 말했다. 모든 신자는 사용 가능한 하나님의 말씀의 지식을 가지고 있어야 한다. 우리가 직면하는 문제 중 하나는 많은 기독교인들이 말씀의 기초도 모른다는 것이다. 그들은 말씀의 절대적이지 않은 부분에 사로잡혀 있다. 그 절대적이 아닌 부분은 생명과 기쁨과 자유를 주는 것이 아니라, 오히려 죽음과 인간이 만든 교리와 형식에 속박되게 한다.

성경은 많은 사람들이 인간이 만든 교리를 따라 간다고 하면서 "경건의 모양은 있으나 경건의 능력은 부인하는 자니"(딤후 3:5)라고 말씀하고 있다. 이것이 바로 바울이 디모데에게 "너는 말씀을 전파하라 때를 얻든지 못 얻든지 항상 힘쓰라 범사에 오래 참음과 가르침으로 경책하며 경계하며 권하라 때가 이르리니 사람이 바른 교훈을 받지 아니하며 귀가 가려워서 자기의 사욕을 좇을 스승을 많이 두고"(딤후 4:2-3)라고 훈계한 이유이다.

어둠 속에서 화살을 쏘지 말라

성경 연구는 체계적이어야 한다. 구약과 신약을 올바르게 나누고, 절대적인 것과 절대적이지 않은 것을 나누어야 한다. 많은 사람들이 구약에서 조금, 신약에서 조금 취하여 자신의 언약(계약)을 만드는 것이 드러났다. 이런 것은 얼마 동안 그들을 자유함으로 이끌겠지만, 다시 속박으로 돌아가게 한다.

내가 제안하고 싶은 것은, 신자들이 성경의 유용한 지식을 얻게 되었을 때 서신서와 복음서에 시간을 많이 투자하라는 것이다. 우리는 십자가의 완성된 사역을 통해 우리에게 허락된 일이 무엇인가 발견하기 위해 사도 서신을 공부해야 한다. 우리는 예수님의 사역을 가깝게 따르고 예수님의 형상과 이 땅에서의 사역을 우리의 삶 가운데 형성하기 위해 복음서를 공부해야 한다. 예수님은 말씀하셨다. "내가 진실로 진실로 너희에게 이르노니 나를 믿는 자는 내가 하는 일을 저도 할 것이요 또한 그 보다 큰 일도 하리니 이는 내가 아버지께로 감이니라"(요 14:12).

구약 연구에 보낸 시간만큼 신약 연구로 뒷받침을 해야 한다. 그렇지 않으면 그는 부정적인 그림을 갖게 되거나 실패하게 될 것이다. 왜냐하면 구약은 신약의 한 타입이며 그림자이기 때문이다. 신약이 없는 구약은 속박과 죽음을 낳는다.

신약은 구약의 완성이며 예수님께서 오신 모든 목적을 완성하신 것이다. 그렇기 때문에 예수님께서 "다 이루었다"라고 말씀하셨고, 그 때에 성막의 휘장이 위에서부터 아래까지 둘로 나누어진 것이다. 성령이 사람의 손으로 만든 지상의 성막에서 나오셔서 다시는 그 곳에 거하지 않으셨다. 성령은 이제 나의 마음 안에 오셔서 당신의 마음 안에 거하신다. 성경은 "우리가 이 보배를 질그릇에 가졌으니"(고후 4:7a)라고 말씀하고 있다.

복음은 단순 명료하다

만일 당신이 어떤 문제에 관하여 공부한다면 복음의 단순함으로부터 옆길로 빠지지 말라. 생명을 가져다주지 않는 옆길로 빗나가지 말라는 것이다.

당신이 기쁨과 평화를 잃기 시작할 때 잘못된 교리에 빠져드는지 아닌지를 알게 될 것이다. 성경은 "주께서 생명의 길로 내게 보이시리니 주의 앞에서 기쁨이 충만하고 주의 우편에는 영원한 즐거움이 있나이다"(시 16:11)라고 말씀하신다. 평화가 당신의 심판관이 되게 하라.

성령께서 당신의 성경 공부를 안내하고 인도하시게 하라. 성령은 교사임을 기억하라. 성령은 당신을 위해 하나님의 말씀을 취하셔서 생동(生動)하게 할 것이다. 글자는 죽이나 성령은 생명을 주신다.

듣는 귀를 가져라

예수님께서는 "타인의 음성은 알지 못하는 고로 타인을 따르지 아니하고 도리어 도망하느니라 …내 양은 내 음성을 들으며 나는 그들을 알며 그들은 나를 따르느니라"(요 10:5, 27)고 말씀하셨다.

'묵상의 시간(QT)'을 갖는 많은 기독교인들이 정말로 경건한 시간(묵상의 시간)을 갖는 것을 알게 되는 것은 흥미로운 일이다. 왜냐하면 그들은 결코 하늘로부터 오는 소리를 들을 수 없기 때문이다. 그들은 하나님께서 실제로 그들에게 말씀하시는지 아닌지를 알려고 전혀 귀를 기울이지 않는다.

"무릇 하나님의 영으로 인도함을 받는 사람은 곧 하나님의 아들이라"(롬 8:14). 하나님은 성령으로 당신을 인도하실 것이다. 그러나 기름 부음에 민감해야 하며, 기름 부음은 주님의 임재하심 가운데에서 시간을 보낼 때에만 오는 것이다. 그리할 때에만 우리는 하나님께서 우리에게 말씀하고 계시는 것을 인식하게 되고 즉각적으로 순종하게 된다. 다시 말하면 우리는 듣는 귀를 개발(develop)할 필요가 있다.

들을 수 있는 귀가 있는 자

'귀 있는 자는 성령이 하시는 말씀을 들을지어다'라는 말씀은 신약을 통해 계속해서 반복되는 구절이다. 이는 자연적인 귀에 대하여 말하는 것이 아니라 영적인 귀를 말하는 것이다.

우리는 사무엘의 이야기를 통해서 어떻게 그가 자신의 이름을 부르는 것을 들었는지 알 수 있다. 그는 엘리 제사장에게 가서 "저를 불렀습니까?"라고 물었다. 엘리가 "내가 부르지 아니하였다"라고 대답했다. 이러한 일이 몇 번 일어났다. 그 때 엘리는 비록 자신은 그 목소리를 듣지 못했지만(들을 수 있는 귀가 없어서) 말씀하신 분은 하나님이시라는 것을 깨닫게 되었다. 그래서 그는 사무엘에게 말했다. "가서 누웠다가 그가 너를 부르시거든 네가 말하기를 여호와여 말씀하옵소서 주의 종이 듣겠나이다 하라"(삼상 3:1-10 참조).

고장 난 전화기의 경우

'듣지 않으려 하는 사람처럼 귀머거리는 없다'라는 말도 있고, '듣고 싶은 것만 듣는다'라는 말도 있다. 하나님께서 자신에게 말씀해 주시기를 원했던 농부에 관한 이야기를 아는가.

어느 날 아침 농부는 자신의 농가의 앞쪽 현관에 앉아 있을 때, 한 손이 나타나 하늘에 GP라는 단어를 썼다. 그 글자에 대한 더 자세한 풀이를 해보는 대신 그 농부는 자신의 농장을 팔아 하늘의 지시를 이루기 위해 선교의 현장으로 갔다. 소망이 없이 실패한 이후 그는 기도하는 데 많은 시간을 보냈다. 그는 주님이 그에게 "아들아, 무엇이 문제니?"라고 하는 말씀을 들었다.

농부는 말했다. "주님, 저는 당시의 말씀에 복종했습니다. 제게 말씀하신 것을 행했습니다. 제가 하늘에 쓰여진 글자를 읽었고, 그 글자는 가서 설교하라(Go Preach)는 뜻인 것을 알았습니다."

그때 주님께서 그에게 말씀하셨다. "아들아, 그 글자는 가서 설교하라(Go Preach)는 뜻이 아니라, 가서 땅을 가르라(Go Plow)는 뜻이란다." 하나님을 향한 열정 때문에 그는 앞서 나가서 자신의 삶에 대한 하나님의 뜻을 잘못 이해한 것이다.

완벽한 때

많은 사람들이 하나님께서 그들에게 맡기신 소명을 수행하는데 그 방향일 잃지 않는 것은 흥미 있는 일이다. 그러나 그들은 때를 놓친다. 부분적으로는 그들이 성령이 하시는 말씀을 듣지 않기 때문이다.

그들은 하나님의 음성을 더 명확하게 듣기 위한 지점까지 결코 그들의 영적인 귀를 개발하지 않았다. 대신에 그들은 자신의 삶의 환경과 상황에 따라 이끌려갔다. 역경의 바람에 날려 그들은 목적 없이 방황하며, 하나님의 뜻을 전혀 이루지 못했다.

은사주의적 도사들에게서 최근 당신의 운이나 공포스러운 이야기를 들었는가?

기독교인들이 끌려가는 또 다른 시나리오는 소위 '예언자' 즉 이

시대의 은사주의적 도사들이 '하나님으로부터 다른 말씀'을 받는 것이다. 그러나 그 말씀은 항상 애매하고, 외딴 이야기 같으며, 그들의 삶에 있어서 결코 실행할 수 있는 일이나 체험할 수 있는 현실성을 보여주지 못한다.

어떤 이가 몇 년 동안 매우 많은 예언을 모아 두었다가, 그 몇 년 동안을 돌이켜보니 그 어떤 것도 이루어지지 않았다. 그런 예언은 죽음과 속박의 종교적인 관에 또 다른 못질을 하는 것이다.

예언은 확증이지 정보가 아니다. 성경은 '많은 사람들이 성령으로 인도함을 받고, 그들은 하나님의 자녀들이다'라고 말한다. 성경은 '예언자들로 인도된 많은 사람들은 하나님의 자녀들이다'라고 말하지 않는다.

예수님의 사역 따라하기

기름 부음을 증가시킬 수 있는 또 다른 방법은 복음서를 읽는데 많은 시간을 보내고 예수님의 사역을 따르는 것이다. 예수님은 "아들이 아버지의 하시는 일을 보지 않고는 아무것도 스스로 할 수 없나니 아버지께서 행하시는 그것을 아들도 그와 같이 행하느니라"(요 5:19)고 말씀하셨다. 우리는 예수님이 하시는 것을 보고 그대로 하기만 하면 된다.

제자들은 예수님을 따랐고, 주님이 행하신 표적과 기사와 기적을 보았다. 예수님은 제자들에게 말씀하셨다. "내가 진실로 진실로 너희에게 이르노니 나를 믿는 자는 나의 하는 일을 저도 할 것이요 또한 그보다 큰 일도 하리니 이는 내가 아버지께로 감이라"(요 14:12).

주님은 성령을 보내셔서 그들에게 능력을 주시고, 나아가 주님의 일을 할 수 있도록 하셨다. 그 후 베드로와 요한이 대제사장과 장로들 앞에 끌려가 예수님의 이름으로 설교하거나 가르치지 말라는 핍박을 받았을 때, 그들은 "우리는 보고 들은 것을 말하지 아니할 수 없다"(행 4:20)라고 말했다.

당신은 주변 사람들과 같이 될 것이다

당신은 당신이 보고 들은 것만을 할 것이다. 만일 당신이 성령의 능력으로 치유함 받지 못한 목사와 생활을 같이 한다면, 당신도 그렇게 될 것이다.

사람들이 내게 와서 "나는 기적을 믿지 않아요"라고 하면서 기적은 더 이상 일어나지 않는다고 말한다면, 나는 그들에게 너무 늦었다고 말할 것이다. 나는 이미 하나님께서 역사하시는 것을 보았기에, 나는 기적을 믿는다.

나에게 축복 된 몇 가지는 예수님께서 행하신 기적에 대하여 읽는 것이다. 그래서 나는 눈을 감고 주께서 행하신 일을 바라본다. 나는 집회에 참석하여 예수님이 행하시는 기적의 증인이 되는 것이 얼마나 감동적인 일인가를 바로 내 눈 앞에 그려본다.

사람을 바라보면 기적을 놓친다

베데스다 연못에서 예수님께서 치유하신 사람의 이야기를 생각해 보자(요 5:1-9). 예루살렘에 있는 양문 곁에 히브리말로 베데스다라는 못이 있는데 거기에는 행각 다섯이 있고 그 안에는 많은 병자, 맹인, 다리 저는 사람, 혈기 마른 사람들이 누워 물의 움직임을 기다리고 있다. 천사가 가끔 못에 내려와 물을 움직이게 하는데, 물이 움직인 후에 먼저 들어가는 자는 어떤 병에 걸렸든지 낫게 되었다.

잠시 이 상황을 그려 보라. 천사가 내려와 물을 움직이게 한다. 기적이 일어나기를 수년 동안 기다려온 사람들은 얼마나 힘들었을까 상상해 보라.

이 때 예수님께서 오셔서 못에 넣어줄 사람이 없어 머뭇거리는 삼십팔 년 된 병자에게 걸어가신다. 주님께서 "네가 낫고자 하느냐?"고 물으셨다. 이 질문은 병을 고치기 원하여 천사가 물을 동하게 하기만을 기다리고 있는 사람에게는 웃기는 질문처럼 보인다. 만약 그가 뉴욕에서 온 사람이었다면, 그는 이렇게 말했을 것이다. '당연히 낳기를 원하지요. 내가 왜 여기 앉아 있는 것처럼 보입니까? 내가 건강하게 보여요?'

예수님께서는 그 사람의 상태가 어떠한지 보시려고 그를 자극해 보신 것이다. 그 사람은 예수님의 질문에 응답하여 웃기는 대답을 하였다. 그는 "주여 물이 움직일 때에 나를 못에 넣어 주는 사람이 없어 내가 가는 동안에 다른 사람이 먼저 내려가나이다"라고 말했다. 예수님은 그에게 도울 사람이 있느냐고 물어보지 않으셨다. 주님은 그에게 "네가 낫고자 하느냐?"라고 물으셨다. 예수님은 "내가 너의 돕는 사람이란다. 일어나 네 자리를 들고 걸어가라"고 말씀하고 계신다. 그는 일어나 걸어갔다.

퍼즐에 없어진 부분들을 찾아라

이 성경 구절을 읽은 사람들은 누구나 나에게 이렇게 말할 것이다. “로드니 형제, 그 사람이 고침을 받았다는 것이 놀랍지 않습니까?” 놀랍다. 그러나 내가 이 이야기를 읽을 때 무엇인가가 나를 괴롭혔다. 그것이 무엇인지 꼬집어 말할 수는 없었다.

나는 이 구절을 읽고 또 읽었다. 내가 궁금하게 생각한 것은, 만일 이 모든 병자들이 그 곳에 있었다면, 예수님께서는 왜 그 한 사람만을 치유하셨을까 하는 것이었다. 내가 이해할 수 없었던 것은 왜 그 사람 주변에 있던 다른 사람들은 예수님에게 소리 지르며, 오시게 하여 그 사람을 고치신 것처럼 그들을 고쳐 달라고 부탁하지 않았을까 하는 것이다.

이 사건에 관하여 기도했을 때 갑자기 대답이 떠올랐다. 그 대답은 너무나 간단하여 왜 이것을 이전에 보지 못 했는가 의아해 했다. 다른 사람들이 치유 받지 못한 것은 그들이 연못에 들어갈 수 있도록 도와줄 사람이 있었기 때문이다. 그들은 자기를 도와줄 사람만을 너무나 열심히 바라보았기 때문에 그들은 기적을 놓쳤던 것이다. 그들의 기적은 서로 연못에 들어가려는 야단법석 가운데 벌써 떠나가버린 것이다. 그들은 바로 눈 앞에 벌어지는 일들을 보기에 너무나 바빠서 만지심을 받지 못했던 것이다.

우리가 복음서를 읽는 데에 시간을 보내고 예수님의 사역을 따를 때, 우리는 종교의 옷을 벗어버리고 복음의 능력 안에서 기적을 보기 시작할 것이다.

하나님의 부르심에 충실하기

기름 부음은 잡힘을 당하는 것이다. 기름 부음을 받는 유일한 방법은 기름 부음이 쏟아지는 곳에 있는 것이다. 하나님께서 시키신 일을 할 때 하나님의 능력이 당신을 통해 흘러내리게 될 것이다.

많은 목회자들이 직면하는 문제 중의 하나는 그들이 원하는 방법대로 일이 되지 않을 때 실망한다는 것이다. 그들은 도약하기 바로 직전에 목회를 그만두고 만다.

내가 믿기로는 주님은 부르심에 순종하는 신실한 사람들을 찾고 계신다. 주님은 목회 사역에 당신을 시험해 본 후에 당신의 교회를 성장하게 하실 것이다. 성경은 만약 당신이 작은 것에 충실하면 하나님께서 더 큰 것을 맡기실 것이라고 말씀하신다.

잊혀진 아들의 경우

다윗의 이야기는 하나님께서 왕으로 선택하신 젊은 사람에 관한 놀라운 이야기이다. 하나님은 선지자 사무엘에게 말씀하셔서 사울 왕의 자리에 앉을 왕에게 기름 부으라고 하셨다. 사무엘은 나아가 이새의 아들들 앞에 섰으나 왕의 자리에 합당한 사람을 찾지 못했다. 하나님은 다윗을 선택했다. 왜냐하면 몇 마리 되지 않은 양들을 지키는 일에 충실했던 마음가짐 때문이다. 비록 다윗이 양과 함께 밖에 있었는데도 하나님은 그가 어디에 있는지 아셨고, 사울의 자리에 앉도록 그에게 기름 부으셨다.

다윗은 목회 사역에 준비되고 있었다. 그는 사자나 곰을 잡을 정도로 신실했다. 그는 하나님께서 거인을 상대하게 하여 승리케 하실 것을 알지 못했다. 오늘날에도 목회 사역자들조차도 거인을 상대하여 이기기를 원하나, 사자와 곰을 잡을 준비도 되어 있지 않고 충실하지도 못하다.

우리는 즉각적인 결과를 원하는 시대에 살고 있다. 많은 사람들이 돈을 얼마나 벌었는가, 교회의 교인 수가 얼마나 되는가, 라디오와 TV 사역이 얼마나 효과적인가, 당신이 가지고 있는 주소록이 얼마나 두꺼운가로 성공을 판단한다.

성공은 하나님께서 당신을 부르셔서 시키시는 일을 하는 것이다. 나는 대형 교회에서 사역하는 하나님의 위대한 종들과 가까이 지내는 특권이 있었다. 그들 중 한 사람은 다른 목회자들에게 공식적으로 말하기를 백 명의 교인들밖에 없어도 상관없다고 했다. 만약 그것이 하나님께서 원하시는 일이라면, 당신은 목회를 하는데 그것으로 만족하고 행복해야 한다.

개인적으로 그가 한 작은 교회의 목회자에 대하여 이렇게 말하는 것을 들었다. “그의 교회에 천 명의 사람들이 온다면 그때 나를 찾아와 대화하자고 말해주게.” 다시 말해서 그는 동일한 위치에 있지 않기 때문에 그에게 말을 건넬 자격이 없다는 것이다.

수년 전 남아프리카 공화국에 있는 학교에서 성경 학교 학생들에게 했던 말이 생각난다. “올라갈 때 보이는 작은 사람들을 기억하라. 당신이 내려올 때 그들이 필요할 수도 있기 때문이다”.

만일 하나님의 은혜로 어떤 특정한 자리에 가지 않았다면, 하나님의 은혜로 그곳에 계속 있게 하시지 않을 것이다.

그들의 생각 안에 있는 전설

또 다른 목사가 자신의 목회와 다른 목사의 목회를 비교하여 나에게 말하기를, 그의 목회는 캐딜락(고급 자동차)인데 다른 목사의 목회는 똥차라고 했다. 그럼 나는 똥차의 바퀴 가리게 정도 되겠구나, 라고… 혼자 생각했다. 한 목사가 내 친구 중 한 사람에게 자신은 세계의 5위 안에 들어가는 설교자라고 했다. 그럼 나는 밑에서 5번째 중 한 사람이겠구나, 하고 혼자 생각했다.

중요한 것은 사람들일 보기에 당신이 무슨 일을 했느냐 무엇을 성취했느냐가 문제가 아니고, 하나님의 부름에 대한 충실함이 문제가 된다. 내가 하늘에 계신 아버지 앞에 설 때, 하나님께서 나에게 "잘 하였도다. 착하고 충성된 종아, 주님의 기쁨에 동참하라"라고 듣기를 갈망한다. 그러나 나는 이런 말은 원하지 않는다. "잘 하였도다. 착하고 성공한 종아. 네가 너의 상급을 이미 받았다. 그것은 사람들의 칭찬이다."

당신이 어디로부터 왔는가를 잊어버리는 위험

하나님께서 한 평범한 사람을 찾으셔서 그에게 기름 부음을 주신 것은 놀라운 일이 아닌가? 그 사람은 아무것도 아닌 상태에서 하나님 안에서 위대한 일을 성취했다. 나중에 그의 이러한 성공의 비결이 무엇인가를 물었을 때, 그가 성공의 비밀에 대한 열 가지 따라야 하는 법칙을 말해 주었다.

그러나 성공의 비결은 그 열 가지와는 전혀 상관이 없다. 성공의 배결은 그 개인의 삶에 임한 하나님의 만지심이며, 그 만지심이 소명의 열매를 낳게 한 것이다. 그는 그 부름(소명)을 이루기 위해 신실했고 그래서 성공한 것이다. 이렇게 간단한 것이다.

성공은 하루 아침에 이루어지지 않는다

성공은 하루 아침에 이루어지지 않는다. 이는 불타는 삶 가운데서 형성된다. 그 가혹한 시련의 이론들 속에서 증명되어지고 기초가 놓이게 된다. 하룻밤 사이에 성공을 이룬 사람은 대부분 오후가 지나기 전에 무너진다.

어떤 이들은 우리가 남아프리카 공화국과 미국에서 최근 복음 전도한 것을 성공이라고 본다(다른 단체에 비교해 볼 때 아직 시작도 되지 않은 형편이지만). 그리고 그들은 나에게 "당신의 사역을 하룻밤 사이에 높이 쏘아 올렸군요."라고 말한다. 내가 그들에게 할 수 있는 유일한 말은 그날이 내 생애에 있어서 가장 긴 밤이었다는 것이다.

예배의 중요성

예수님께서는 말씀하셨다. "아버지께 참으로 예배하는 자들은 신령과 진정으로 예배할 때가 오나니 곧 이때라 아버지께서는 이렇게 자기에게 예배하는 자들을 찾으시느니라"(요 4:23).

예배는 회중 예배뿐만 아니라 개인 예배도 너무나 중요하다. 우리가 주님을 예배하기 시작할 때, 주님의 영이 우리 위에 임재하실 것이다.

성경은 "지존자의 은밀한 곳에 거하는 자는 전능하신 자의 그늘 아래 거하리로다"(시 91:1)라고 말씀하고 있다. 예배는 은밀한 곳에 있다. 우리는 기도와 예배의 삶의 스타일을 개발할 필요가 있다.

삶과 사역하는 일의 온전함

자기 자신을 찾는 것은 매우 중요하다. 우리는 대중을 따르도록 너무나 큰 압력을 받아 목소리가 되기보다는 메아리가 되는 시대와 시간에 살고 있다. 내가 믿기로는 마지막 때에 하나님께서는 목소리들을 일으켜 세우시기를 원하신다. 하나님은 선지자와 같이 말할 수 있는 사람들을 원하신다.

오늘날의 목회 사역에는 온전함이 부족하다. 만약 우리가 지속적으로 하나님의 일에 쓰임 받기를 원한다면 우리는 우리의 성격이 온전하도록 개발해야 한다.

우리는 세상에서뿐만 아니라 교회에서도 사람들의 온전함이 매우 부족한 시대에 살고 있다. 성경은 "여호와의 산에 오를 자 누구며 그 거룩한 곳에 설 자가 누구인가 곧 손이 깨끗하며 마음이 청결하며 뜻을 허탄한 데에 두지 아니하며 거짓 맹세하지 아니하는 자로다"(시 24:3-4)라고 말씀하신다.

오늘날 교회에서 온전함이 결여된 것은 매우 슬픈 일이다. 사람들은 자신이 원하는 것을 말하고는 그들이 말한 것을 완전히 잊어버린다. 어떤 사람들은 자신이 말한 것이나 약속한 것을 부인하기도 한다.

나의 목회 표어는 '그 누구에게도 기대하지 말라. 그러나 당신 자신은 나누어 주는 자가 되어라'이다. 성경은 그의 마음에 서원한 것은 해로울지라도 변하지 아니하는 자를 존대할 것이라고 말씀하고 있다(시 15:4). 여러 번 하나님의 사람들로부터 어떤 약속을 받으면, 나는 그 일이 일어나는 것을 보기 전에는 흥분하지 않는다. 누군가의 말을 믿을 수 없다는 것은 매우 슬픈 일이다. 온전함의 결여는 오랜 시간 동안 목회 사역을 병들게 해 왔다. 할리우드의 엘머 간트리(Elmer Gantry)로부터 실제의 삶에서 오늘날의 TV 복음 전도자에 이르기까지 말이다.

사람들은 외모를 보나 하나님은 중심을 살피신다

여호와께서 사무엘에게 이르시되 내가 이미 사울을 버려 이스라엘 왕이 되지 못하게 하였거늘 네가 그를 위하여 언제까지 슬퍼하겠느냐 너는 뿔에 기름을 채워 가지고 가라 내가 너를 베들레헴 사람 이새에게로 보내리니 이는 내가 그 아들 중에서 한 왕을 보았느니라 하시는지라
사무엘이 이르되 내가 어찌 갈 수 있으리이까 사울이 들으면 나를 죽이리이다 하니 여호와께서 이르시되 너는 암송아지를 끌고 가서 말하기를 내가 여호와께 제사를 드리러 왔다 하고
이새를 제사에 청하라 내가 너의 행할 일을 가르치리니 내가 네게 알게 하는 자에게 나를 위하여 기름을 부을지니라
사무엘이 여호와의 말씀대로 행하여 베들레헴에 이르매 성읍 장로들이 떨며 그를 영접하여 가로되 평강을 위하여 오시나이까
이르되 평강을 위함이니라 내가 여호와께 제사하러 왔으니 스스로 성결케 하고 와서 나와 함께 제사하자 하고 이새와 그의 아들들을 성결하게 하고 제사에 청하니라
그들이 오매 사무엘이 엘리압을 보고 마음에 이르기를 여호와의 기름 부으실 자가 과연 주님 앞에 있도다 하였더니
여호와께서 사무엘에게 이르시되 그 용모와 키를을 보지 말라 내가 이미 그를 버렸노라 나의 보는 것은 사람과 같지 아니하니 사람은 외모를 보거니와 나 여호와는 중심을 보느니라 하시더라
이새가 아비나답을 불러 사무엘의 앞을 지나가게 하매 사무엘이 이르되 이도 여호와께서 택하지 아니하셨느니라하니
이새가 삼마로 지나게 하매 사무엘이 이르되 이도 여호와께서 택하지 아니하셨느리라 하니라
이새가 그 아들 일곱을 다 사무엘 앞을 지나게 하나 사무엘이 이새에게 이르되 여호와께서 이들을 택하지 아니하셨느니라 하고
또 이새에게 이르되 네 아들들이 다 여기 있느냐 이새가 이르되 아직 막내가 남았는데 그가 양을 지키나이다 사무엘이 이새에게 이르되 보내어 그를 데려 오라 그가 여기 오기까지는 우리가 식사 자리에 앉지 아니하겠노라
이에 사람을 보내어 그를 데려오매 그의 빛이 붉고 눈이 빼어나고 얼굴이 아름답더라 여호와께서 이르시되 이가 그니 일어나 기름을 부으라 하시는지라
사무엘이 기름 뿔병을 가져다가 그의 형제 중에서 그에게 부었더니 이날 이후로 다윗7이 여호와의 영에게 크게 감동되니라 사무엘이 떠나서 라마로 가니라

사무엘상 16:1-13

하나님께서 미련한 것들을 택하여 지혜 있는 자들을 부끄럽게 하신다

나는 당신들이 하나님의 기름 부음이 개인에게 임한 사실을 보기 원한다. 하나님은 우리가 선택한 사람을 택하지 않으신다. 하나님은 사람의 자격을 보지 않으신다. 하나님은 사람의 지위를 보지 않으신다. 자연계에서의 사람의 능력은 주님께서 기름 부으시기 위해 안수해 주시는 것과는 아무런 상관도 없다.

형제들아 너희를 부르심을 보라 육체를 따라 지혜로운 자가 많지 아니하며 능한 자가 많지 아니하며 문벌 좋은 자가 많지 아니하도다
그러나 하나님께서 세상의 미련한 것들을 택하사 지혜 있는 자들을 부끄럽게 하려 하시고 세상의 약한 것들을 택하사 강한 것들을 부끄럽게 하려 하시며
하나님께서 세상의 천한 것들과 멸시받는 것들과 없는 것들을 택하사 있는 것들을 폐하려 하시나니
이는 아무 육체라도 하나님 앞에서 자랑하지 못하게 하려 하심이라

고린도전서 1:26-29

신약성경의 예

그 성에 시몬이라 하는 사람이 전부터 있어 마술을 행하여 사마리아 백성을 놀라게 하며 자칭 큰 자라 하니
낮은 사람부터 높은 사람까지 다 따르며 이르되 이 사람은 크다 일컫는 하나님의 능력이라 하더라
오랫동안 그 마술에 놀랐으므로 저희가 따르더니
빌립이 하나님 나라와 및 예수 그리스도의 이름에 관하여 전도함을 그들이 믿고 남녀가 다 세례를 받으니
시몬도 믿고 세례를 받은 후에 전심으로 빌립을 따라다니며 그 나타나는 표적과 큰 능력을 보고 놀라니라
예루살렘에 있는 사도들이 사마리아도 하나님의 말씀을 받았다 함을 듣고 베드로와

요한을 보내매
그들이 내려가서 그들을 위하여 성령 받기를 기도하니
이는아직 한 사람에게도 성령 내리신 일이 없고 오직 주 예수의 이름으로 세례만 받을 뿐이러라
이에 두 사도가 그들에게 안수하매 성령을 받는지라
시몬이 사도들의 안수로 성령 받는 것을 보고 돈을 드려
이르되 이 권능을 내게도 주어 누구든지 내가 안수하는 사람은 성령을 받게 하여 주소서 하니
베드로가 이르되 네가 하나님의 선물을 돈 주고 살 줄로 생각하였으니 네 은과 네가 함께 망할지어다
하나님 앞에서 네 마음이 바르지 못하니 이 도에는 네가 관계도 없고 분깃 될 것도 없느니라
그러므로 너의 이 악함을 회개하고 주께 기도하라 혹 마음에 품은 것을 사하여 주시리라
내가 보니 너는 악독이 가득하며 불의에 매인 바 되었도다
시몬이 대답하여 이르되 나를 위하여 주께 기도하여 말한 것이 하나도 내게 임하지 않게 하소서 하니라

사도행전 8:9-24

목회자의 성격과 성령의 열매

목회자의 성격은 오늘날 많은 교단에서 다루어지고 있지 않은 주제이다. 문제는 목회 사역이 너무 빠르게 성장할 때 발생한다. 다시 말하자면, 그 사람의 생애 위에 임하시는 기름 부음이 그 개인의 성격보다 빠르게 발전한다는 것이다. 십 년 이십 년을 지나고 보면, 기름 부음은 바람에 날라가 버리고, 목회 사역은 무(無)로 돌아간다. 왜냐하면 그들의 성격을 발전시키지 못했기 때문이다.

그들 성령의 열매 안에서 걸어가지 못했다. 그들은 사랑 안에서 걸어가지 않았다. 그들은 주님의 기쁨 안에서 걸어가지 않았다. 그

들은 결혼생활을 위한 노력도 없었으며 가정에서 튼튼한 기초를 쌓지 않았다. 그들은 자녀들을 돌보지 못했기에 자녀들은 하나님으로부터 멀리 떨어져 나갔다. 결국 그들은 이혼하게 되어 끝나고 어떠한 것도 견고한 기초를 갖지 못했다.

값을 지불해야

'그 누구도 치러야 할 값을 계산해 보지 않고는 빌딩을 짓지 않는다.' 목회 사역에 몸을 던지는 일에 지불해야 할 값에 대하여 알고 있는가? 목회 사역에 들어가는 것이 매력적으로 보이나 그 대가에 대하여 알고 있는가? 그 위치로 들어가기 위해서 당신은 어떤 값을 치러야만 하는가?

내가 목회를 시작할 때, 나는 군대의 용맹스러운 군인과도 같았다. 나는 무엇이든지 할 준비가 되어 있었다. 만약 하나님께서 북국에 달려가서 에스키모인들에게 설교하라고 하여도 나는 할 준비가 되어 있었다. 나는 그 일이 어떤 결과를 가져올지 알아보려 하지도 않고 지체 없이 갈 준비가 되어 있었다. 가끔 그런 식으로 가버리는 것이 좋다. 왜냐하면 앞으로 어떤 일이 일어날지를 알게 된다면 아예 시작도 하지 않으려 할 것이기 때문이다.

걸프전이 일어났을 때 젊은 청년들이 페르시아만으로 간 것을 기억한다. 서로 다른 연령층이었다. 학교에서 막 나온 18세의 청년도 있었다. 이들은 람보 영화를 몇 개 본 사람들이다. 20세 이상 되는 젊은 사람들도 있었다. 이들은 월남 전쟁에서 이미 경험이 있는 사람들이다. 그들은 서로 다른 의무감으로 참전하고 있었다.

한 젊은이는 그 자신이 어떤 일에 뛰어 들고 있는지 알지 못했다.

그가 처음으로 여우굴 같은 참호에 뛰어 들고, 박격포가 그의 머리 위에 날라 다니기 시작할 때, 그는 갑자기 자신이 전쟁 와중에 있다는 것을 깨닫게 되었다. 나이가 많은 청년들은 이미 전쟁의 뜨거운 맛을 보았기 때문에 그들이 서약하고 입대한 일이 무엇인지 알고 있었다.

준비가 되든 아니든 참여하고 있다

하나님의 군대에 처음 입대할 때, 그것이 수반하는 것이 무엇인지 모를 수 있다. 때때로 당신은 "주님, 나는 이 일을 할 준비 되어 있습니다"라고 말한다. 이것이 바로 나의 모습이었다. 나는 기도하기를 "주님, 나는 그 일을 위해 준비되어 있습니다. 주님, 나는 그곳으로 갈 준비가 되어 있습니다. 주님, 나는 이 일을 할 준비가 되어 있습니다"라고 했다.

주님은 "로드니, 앉아서 조용히 해라"라고 말씀하셨다. 나는 속상해하면서 불평을 했다. 그러면 주님은 "넌 아직 준비가 되어 있지 않다"라고 말씀하셨다.

그런데, 당신은 몇 년 동안 "나는 준비가 되어 있지 않습니다. 주님, 나는 준비가 되어 있지 않아요. 준비가 되어 있지 않다고요"라고 계속 말한다. 그때 주님께서 오셔서 "지금이다 로드니, 가서 그 일을 하거라"라고 말씀하신다.

"오, 하나님 나는 준비가 되어 있지 않습니다!" 주님은 말씀하시길, "아니, 넌 준비가 되었단다."

이처럼 4, 5년 전에는 당신은 당신의 능력으로 준비가 되어 있었다. 그러나 이제는 당신의 능력으로 할 수가 없다는 것을 알고 있다. 그래서 이제는 주님의 능력 안에서 준비가 된 것이다. 우리의 능력 안에서 준비가 되어 있지 않을 때, 우리가 가장 연약하다고 느낄 때, 그때가 바로 성령께서 우리 안에서 강하게 역사하실 때이다.

내가 약할 그 때에 강함이라

사도 바울은 "내가 약할 그 때에 곧 강함이라"(고후 12:10)고 말했다. 그는 재판을 받고 고난 가운데서 이런 말을 했다. 바울은 아픔이나 질병으로서가 아닌 핍박의 가시를 몸에 가지고 있었다. 그의 생애와 목회 사역에서 그는 가는 곳마다 파선을 당하든지, 얻어맞든지, 죽었다고 던져 버림을 당하든지, 감옥살이를 하든지, 주야를 깊은 곳에서 시간을 보내든지 하였다. 그는 항상 어려움과 핍박을 받았다.

바울은 "주님, 이것을 저에게서 거두어 주시옵소서"라고 기도했다. 어떤 사람들은 바울이 이러한 고난으로부터 벗어났다고 생각한다. 아니 그렇지 않았다. 주님이 그에게 이렇게 말씀하셨다. "아니다. 이것을 너에게서 거두어 가지 않을 것이다. 내 은혜가 네게 족하도다. 나의 기름 부음은 너에게 충분하단다. 나의 능력은 네가 이 박해를 이겨낼 수 있을 정도로 충분하단다."

그래서 바울은 말했다. "그러므로 도리어 크게 기뻐함으로 나의 여러 약한 것들에 대하여 자랑하리니 이는 그리스도의 능력으로 내게 머물게 하려 함이라"(고후 12:9). 그는 그의 아픔에 대해 언급하지 않았다. 주님은 아나니아를 사울에게 보내셔서 예수의 이름을 위해 받아야 할 박해에 대해 전하게 하신 것을 기억하라.

당신은 어떤 인물인가?

목회 초기에 당신이 어떤 인물인가 볼 수 있는 것은 어려운 상황에서이다. 포도는 쥐어짜기 전에 주스를 만들어 낼 수 없다. 당신은 포도를 쥐어짜기 이전에는 포도 주스도 포도주도 얻을 수 없다. 어떤 사람들은 일을 성취하기 위해선 다소간의 압력을 경험할 필요가 있다. 때때로 사람들은 자신의 어리석음 때문에 어려움에 빠져든다. 다른 때에는 어려움을 겪게 하는 장소가 사람들이 성격을 성장시키는 장소가 된다.

성경은 하나님께서 아브라함을 시험하셨다고 말한다. 예수님의 사역에서도 주님은 성령에 이끌리어 평야로 나아가 사단에게 시험을 받으셨다. 어떤 사람들은 성령께서 어떻게 그러한 일을 하실 수 있는지를 이해하지 못한다. 그러나 하나님께서는 더 큰 일을 당신에게 맡기시기 이전에 당신이 어떤 인물인가 보기를 원하신다.

느부갓네살 왕이 세 히브리 청년들을 풀무 불에 집어넣었을 때, 그 청년들이 어떤 인물인지 볼 수 있었다. 바벨론 사람들이 다니엘을 사자굴에 집어넣었을 때 그가 어떤 인물인지 볼 수 있었다.

XYZ에 닿기 위해서는 ABC부터 시작해야 한다

많은 사람들이 A가 아닌 Z에서 시작하고 싶어한다. ABC에서 시작할 준비가 되어 있지 않다면 XYZ에 닿을 수가 없다. 하나님께서 주시는 작은 일에 신실하라. 이것이 이루어지는 데 오 년, 십 년, 이십 년, 또는 사십 년이 걸릴 수도 있으나 인내력을 가지라.

하나님께서 부르셔서 하라고 하신 일을 계속하라. 비가 오든 눈이 오든 겨울이든 여름이든 봄이든 상관없이 그리고 어떠한 역경이 있든 시험이 있든 고난이 있든 비탄이 있든 상관없이 말이다. 지속적으로 나아가라. 인내의 열매로 일을 하고, 하나님께서 부르셔서 주신 소명에 계속 충실하라. 이러한 것은 하나의 과정이다. 그러나 하나님은 목회가 진전된 당신을 성숙된 장소를 올려 놓을 것이다.

캐스린 쿨만(Kathryn Kuhlman)은 그녀의 위대한 목회 사역이 시작되기 전 지옥을 경험한 시간이 있었다. 그녀는 많은 실패와 많은 외로운 시간을 경험했다. 그녀는 그녀 자신이 죽는 시간과 때를 안다고 말했다.

많은 사람들은 자신은 바깥 그 어딘가에 떨어져 있어 아무도 자기를 알아주지 못한다고 생각한다. 그러나 하나님은 그를 아시고 보고 계신다. 하나님은 중심을 보신다. 하나님은 자신을 포기하고 자원하는 그릇을 찾고 계신다.

앞으로 나와야 할 시간이 있다

이는 마치 임신한 여인과 같다. 그녀는 빨리 아기를 낳기 원한다. 많은 어려움을 덜해지기 때문이다. 우리는 세 명의 아이들이 있다. 아내가 아기를 낳을 때마다 나는 그곳에 함께 있었다. 그래서 나는 아내가 어떤 어려움을 경험했는지 알고 있다. 세 아이들을 한꺼번에 낳을 수 있었다면 훨씬 수월했을 것이다. 27개월 대신 9개월 밖에 걸리지 않았을 것이다.

그 여인이 아이를 원하는 것만큼 그녀는 아이가 나오기까지 기다려야 한다. 아이가 너무 일찍 태어날 경우 인큐베이터에 넣어서 정성스레 돌보아야 한다. 너무 조산된 아이는 폐가 제대로 발전하지 못하고 살 수 있는 기회가 더욱 적기 때문이다.

목회 사역도 마찬가지이다. 사람들은 목회를 성급하게 성공시키려 하기 때문에 오래 지속되지 못한다. 그런 목회는 1년, 2년, 또는 5년 동안 지속하다가 아무 것도 남지 않고 사라진다.

두 종류의 목회 사역

이 땅에는 두 가지 종류의 목회 사역이 있다. 영광의 광채로 나와서 별똥별처럼 사라지거나 끝나버리는 목회가 있다. 그리고 북극성처럼 견고한 사역도 있다. 그런 목회는 삶의 폭풍 속에서도 끄떡없다. 그 주변의 모든 것이 무너진다 하여도, 다른 목회가 실패한다 하여도, 사람들이 목회를 그만둔다 하여도, 그리고 박해가 극심하다 해도 그들은 서 있을 것이다. 사람들이 텔레비전 설교자들을 더욱 탄압하고, 신문이나 대중 매체에서 설교자들을 모욕한다 하더라도 그들은 견고하게 서 있을 것이다.

이러한 하나님의 사람들은 말할 것이다. "우리는 타협하지 않을 것입니다! 우리는 치유 사역에서 뒤로 물러서지 않을 것입니다. 우리는 마귀들을 쫓아내는 데 물러서지 않을 것이다. 우리는 일어서서 담대하게 예수님의 이름으로 하나님의 말씀을 선포할 것입니다. 그들이 우리를 감옥에 가둔다하여도 상관없습니다. 우리가 외국 땅에 가서 그 곳에서 생명을 바친다 해도 상관없습니다. 그렇게 하라고 하십시오. 우리는 하나님의 부르심에 순종할 것입니다." 이러한 종류의 사람들을 하나님은 찾고 계신다.

하나님께서 나에게 처음 기름 부으셨을 때
- 나의 간증 -

성령의 불 속에서 자라나면 연기 냄새는 견딜 수 없다

나는 오순절적인 가정에서 자라나서 다섯 살 때 거듭났다. 그리고 여덟 살 때 성령을 나의 삶 속에 받아드렸다. 나는 자라나면서, 우리가 다니는 교회에서 초자연적인 역사가 나타나는 현상을 계속해서 보았으며, 우리 가정에서도 그런 역사가 일어나는 것을 보았다.

언젠가 한 번은 어머니가 넘어져 팔을 세 곳이나 부러진 것을 나는 지금도 기억하고 있다. 어머니의 손목에는 세 곳이나 튀어나와 있었다. 부모님들은 거실에 앉아서 케스린 쿨만(Kathryn Kuhlman – 미국 여성 부흥사)의 테이프 녹음을 듣고 있었다.

성찬식이 끝난 후에 목사님이 오셔서 어머니에게 안수 기도를 해 주셨다. 하나님의 권능이 어머니의 팔을 바늘과 핀이 찌름과 같이 통과해갔다. 어머니는 불덩어리가 팔에 오르내리는 것을 느꼈으며 이내 치유 받았음을 알았다. 우리 목사님은 능력 있는 하나님의 사람이었다. 목사님은 50대에 귀머거리 학교에 가서 하나님의 권능으로 귀를 열어 모든 귀머거리가 치유 받게 했다.

어머니의 팔이 치유되었으니 단단한 깁스를 잘라 내겠다고 말했을 때 나는 그러지 말라고 간청했다. 그 때 나는 여섯 살이었다. 내 눈엔 팔이 부러졌으면 부러진 것이었다. 만일 깁스를 잘라내면 팔이 떨어져 나오는 것으로 생각했다.

어머니는 목욕탕에 뜨거운 물을 가득 채우셨다. 목욕탕에서 깁스를 면도칼로 잘라 내면서 성령으로 기도하고 계셨다. 조금 후에 어머니는 목욕탕에서 나오셨는데, 하나님의 권능으로 완전히 치유되어 나오셨다. 어머니의 팔이 부러진 후 단지 나흘이 지난 다음이었다. 이런 치유는 의사를 놀라게 한 완전한 기적이었다. 이 기적은 서류로 기록하여 증명이 되었다.

내가 말하려고 하는 것은 이런 일이 일어나는 것을 어린이가 보게 되면 어린이로써 성령과 권능의 실제에 대한 영향으로 자라날 수 있다는 것이다.

함께 모여 기도하는 가족은 함께 산다

나의 부모님들은 때때로 저녁 일곱 시에서 새벽 두 시까지 기도하곤 하셨다. 사람들이 우리 집으로 오면 떠나려 하지 않았다. 왜냐하면 하나님의 임재하심이 그 곳에 계셨고, 하나님의 기름 부음이 그 곳에 있었기 때문이다.

우리가 식탁에 앉으면 아버지는 음식을 놓고 기도하셨다. 나는 아버지가 기도하시는 것을 듣고 우리가 바로 음식을 먹어야 할지 아니면 좀 기다렸다가 먹어야 할지를 말할 수 있었다. 하나님의 기름 부음이 아버지 위에 임하시면 아버지는 예언하기 시작하셨다. 어머니는 음식을 다시 오븐 안에 넣으셨다. 예배가 시작된다는 것을 아시기 때문이다.

하나님에 대한 갈망과 열망

나는 보다 많이, 아니 훨씬 더 많이 기름 부음이 있음을 알았다. 그 다음해 동안 나는 하나님을 더 갈망하기 시작했다. 1979년 7월에 나는 오로지 절망 가운데서 하나님께 부르짖었다. 나는 하나님께서 자신을 나에게 드러내시고 내 안에 계시기를 바랐다. 나는 갈망했다.

하나님은 내가 배고파하고(열망하고) 목말라 해야(갈망하고)만 한다고 나에게 말씀하셨다. 처음에 나는 하나님께 말씀드렸다. "왜 거저 그것(기름 부음)을 나에게 주지 않으십니까? 나는 평생 당신을 섬겼습니다. 나는 좋은 소년이구요. 다른 아이들처럼 이런 일 저런 일도 하지 않았잖아요. 하나님, 저는 받을 자격이 있다구요."

하나님은 말씀하셨다. "나는 사람들의 외모를 취하지 아니한단다(역자 주 – 행 10:34). 너는 모든 사람이 오는 길로 온 것이다. 네가 믿음으로 와서 무엇이든지 갈망하고 열망한다면, 나는 그것을 너에게 줄 것이다."

너는 3일 동안 사막에서 물을 찾는 사람처럼 원하는 것을 구해야만 한다. 목마른 사람이 부르짖는 것은 물뿐이다. 만일 한 사람이 그에게 다가가서 오십만 달러를 준다고 하면, 그는 그 사람의 손을 밀치고 "물, 물, 물!" 하고 울부짖을 것이다. 그는 생명보다도 물을 더 원할 것이다. 왜냐하면 그를 구원할 수 있는 유일한 것은 물이기 때문이다.

물을 원하는 사람처럼 너의 삶에서 성령 받기를 필사적으로 원하며, 그 외에 아무 것도 원하는 것이 없다면, 그 때 성령은 오실 것이다. 하나님의 능력이 수백만의 사람들 위에 운행하게 하시고, 당신의 집에 오시게 할 수 있는 갈망하고 열망하는 마음에 대한 그 무엇이 있다.

성령의 불세례

나는 기도하면서 주님께 말했다. “주님께서 여기로 내려 오셔서 나를 만져 주시든지, 아니면 내가 거기로 올라가서 주님을 만지겠습니다.” 나는 절망적이었다. 그 날 나는 하나님께 약 이십 여분 동안 부르짖었음에 틀림없다.

갑자기 하나님의 불이 내 위에 떨어졌다. 그 불은 내 머리에서 시작하여 바로 나의 발바닥으로 내려갔다. 하나님의 능력이 내 몸에서 타올라 그런 상태로 사흘간을 머물렀다. 하나님께서 나를 죽일 것이라 생각했다. 하나님께서 나의 기도를 들으셨구나, 라고 생각했다. 이제 주님께서 여기로 내려 오셔서 나를 만지셨다. 그리고 주님은 나를 죽이려 하고 나를 집으로 데려가려고 하신다.

나는 진짜 ‘주님, 저는 죽기에는 너무 젊습니다’라고 기도하고 있었다. 넷째 날에 나는 ‘오 주님, 당신의 영광을 보내 주소서’라고 기도한 것이 아니라, ‘제발 나에게서 그 불을 들고 가세요. 그래야만 견딜 수가 있습니다’라고 기도하고 있었다. 나는 하늘나라의 전기불 공급처의 플러그에 끼워진 것이다. 그 이후 나의 바람은 사람들에게 가서 다른 플러그를 끼워 주는 것이었다.

나의 온 존재는 나의 머리의 꼭대기에서부터 발의 바닥에 이르기까지 불로 활활 타고 있었다. 나의 배로부터 생수가 흘러내리기 시작했다. 나는 미친 듯이 웃기 시작했으며, 이내 울기 시작했으며, 방언으로 말하기 시작했다.

새 술에 취하여

나는 성령의 술에 취하여 문자 그대로 어찌할 바를 몰랐다. 하나님의 불이 나의 온 존재를 통과하고 있었으며 계속 떠나지 않았다. 우리가 천국에 갈 때에 왜 우리가 영광된 몸이 필요한가를 알기 시작했다. 자연적인 것이 초자연적인 것과 만나게 될 때 그 무엇인가가 없어져야 한다. 그렇지 않으면 그것은 초자연적인 것이 될 수 없다.

하나님께서는 마침내 나로부터 그 철저한 기름 부음을 거두어 가셨다. 그러나 기름 부음은 두 주일 동안 나의 위에 가볍게 머물고 있는 것을 알았다. 주님과의 그 만남 때문에 그 날 이후부터 나의 삶은 급진적으로 변화되었다.

기름 부음을 방출하는 것과 전이시키는 방법

하나님의 기름 부음을 받는 것과 다른 사람들에게 그 기름 부음을 방출하여 그들의 삶이 하나님의 실체를 만지게 하는 것은 다르다.

1979년 7월에 내가 주님과 만난 후에 나는 목사가 될 것을 계획했다. 1980년 11월 내 나이 18세가 되었을 때, 나는 선교팀에 가담하여 선교여행을 떠났다. 많은 나라를 가로질러 여행하면서 많은 교회에서 말씀과 찬양으로 선교를 했다.

내가 가담한 그룹은 그들의 신앙이 초교단적이면서 비카리스마적이었다. 그들은 오순절 체험에 눈살을 찌푸렸다. 그러나 그들은 복음 전파를 위해 나에게 차량을 제공했으며 하나님께서는 그들과 함께 일하라고 인도하셨다. 나는 오순절적인 체험이 확고했기 때문에 언제든지 그들과 친교를 맺을 수 있었다.

나의 목회 사역이 변화된 날

나는 변화가 먼저 일어난 날, 즉 나의 생애와 목회가 변화된 날을 기억할 수 있다. 그 날은 평상시와 같았다. 흥미로운 사실은 이런 변화를 일어나게 할 만한 일은 아무 것도 하지 않았다는 것이다. 나는 모든 것이 하나님의 계획이었다고 믿는다.

우리는 감리 교회에서 설교를 하고 있었다. 나는 예배 준비를 하면서 대기실에 있었다. 대기실은 수수하고 오래된 사무실에 붙인 거룩한 이름이다. 젊은 부인들 중의 한 사람이 사무실에 들어와서 지고한 고통 때문에 견디기 힘드니 그녀를 위해 기도해 달라고 했다. 나는 내가 앉아 있던 의자에서 일어나서, 내가 평소에 하던 것처럼 그녀 위에 손을 얹고 기도했다. 그런데 아주 놀라운 일이 일어났다.

헤이, 이것은 총탄이 장전되었잖아!

내가 손을 그녀의 머리에 반쯤 갖다 대었을 때 마치 총잡이가 권총집에서 권총을 끄집어내어 상대방을 겨냥하는 것 같았다. 갑자기 내 손가락 끝들이 떨어져나가는 것처럼 느꼈다. 나는 나의 손으로부터 충만한 기름 부음이 흘러 나가는 것을 느꼈다. 내가 그 사실을 설명할 수 있는 유일한 방법은 소방관이 호스를 들고서 그 호스로부터 물을 한량없이 뿜어내는 것과 같았다는 것이다. 기름 부음이 바로 그녀에게 들어갔다. 그것은 마치 누군가가 보이지 않는 야구방망이를 가지고 머리를 후려친 것 같았다. 그녀는 마룻바닥에 넘어졌다.

나는 일어난 일을 보고 매우 놀라서 말이 나오지 않아 거기에 그대로 서서 내 손을 한 번 쳐다보고 그 젊은 부인을 한 번 쳐다보았다. 나는 하나님의 임재하심이 나로부터 흘러내리는 것을 의식했다. 나는 기름 부음이 흘러나간 것을 보고 놀랐다.

잠시 후 나는 모든 것을 차분하게 처리했다. 목사님이 문안으로 들어오시면 내가 설명해야 할 일이 두려웠다. 우리는 성전으로 들어

가서 예배를 시작했다. 나는 내가 체험하고 본 일에 압도 되어서 그 일에서 마음을 떠나게 할 수 없었다.

축복 받기를 원하는 모든 사람들을 불러라

나는 집회 시간에 설교를 하면서 줄곧 주님에게 말하기 시작했다. 나는 주님에게 우리는(내가 '우리'라고 한 말에 주시하라) 일어난 일에 대해 무엇을 해야 하는지를 묻고 있었다. 결국, 성령에 대해서, 방언에 대해서, 성령의 권능 아래 쓰러지는 것들을 말하지 말라고 하셨다. 사람들은 당신이 예수에 대해서 이야기할 때, 성령이 임하셔서 당신이 하는 일에 역사하고 계신다는 것을 인식하지 못했다.

이 시점에서 나는 주님과 대화를 하면서 무엇을 해야 하는지 물었다. 갑자기 주님은 나에게 "축복을 원하는 사람들을 불러라"라고 말씀하셨다.

현재, 나는 감리교 교회 안에 있다. 주님이 내가 지시하신 말을 했을 때 전 교회가 반응을 보였다. 나는 성령, 방언, 성령의 권능 아래 쓰러짐 등에 관해서는 한 마디도 하지 않았음을 마음에 새겨야 한다.

교인들은 나와서 강단 앞으로 줄을 지어 섰다. 주님은 나에게 "두 손으로 그들에게 안수하지 말라"라고 하셨다. 목사님들은 안수 받는 사람들을 민다는 인상을 받은 교인들을 조심해야 하는 문제가 있다. 주님은 나에게 말씀하시기를 "네 오른손의 한 손가락을 각 사람의 이마 위에 대고 '예수 이름으로'라고 하라"라고 하셨다.

제일 첫 번째 사람에게 걸어가서 "예수의 이름…"라고 했는데, 말을 체 끝마치기도 전에 하나님의 능력이 그 사람을 마룻바닥으로 던져버렸다. 나는 줄을 따라가면서 걸어갔는데, 사람들이 모두 하나님의 능력 아래 쓰러졌다. 그들은 마치 누군가가 루이스빌의 야구 강타자 슬러거의 방망이로 머리를 내려친 것처럼 마루에 뒹굴었다.

이것은 그것이요

그들 중의 대부분의 사람들이 마루에 쓰러지는 순간 성령이 역사하셔서 방언을 하기 시작했다. 다른 사람들은 마루에 붙은 것처럼 반시간 동안 움직이지 못했다. 나는 돌아서서 목사님을 바라보고는 근심에 쌓인 어조로 "제가 한 것은 아니에요, 제가 한 일이 아니라구요"라고 했다.

사람들이 마루에서 일어나기 시작하자 내게 와서 "이것이 무엇입니까?"라고 물었다. 나는 그들에게 "이것은 그것이요"라고 했다. 그러니까 그들은 "이것은 무엇이라고요?"라고 반문했다. 나는 하나님 말씀을 증거하였다. "이는 곧 선지자 요엘로 말씀하신 것이니 일렀으되 하나님이 말씀하시기를 말세에 내가 내 영을 모든 육체에 부어 주리니 너희의 자녀들은 예언할 것이요 너희의 젊은이들은 환상을 보고 너희의 늙은이들은 꿈을 꾸리라"(행 2:16-17) 그들은 "오, 이것이 바로 그것이군요?"라고 응답했다.

말할 것도 없이, 이 체험이 나를 전적으로 압도했다. 내가 몸으로 느낄 수 있는 기름 부음이 내 위에 머물면서 약 두 주일 그런 현상으로 나타나셨다. 그리고 진정되었다. 기름 부음이 모두 떠난 것은 아니나, 더 이상 같은 방법으로 나타나지 않았다.

그래서 나는 괴로워했다. 나는 기도하기 시작했다. 나는 주님께

나의 생애에 다시 기름 부음을 충만하게 받아 역사할 수 있게 하기 위해 무엇을 해야 할지를 물었다. 정직하게 말해야 하니까, 사실 젊은 사람으로서 목회를 막 시작하려는 시점에서 이런 일은 나를 전적으로 압도해 버린 체험이었다. 그것은 나의 생애와 나의 목회의 길을 변화시켜 버린 사건이었다. 내가 사는 동안 결코 잊어버릴 수 없는 사건이었다.

나는 이제 기름 부음을 바로 체험한 것처럼 기름 부음이 다른 사람들의 삶에 나타나기를 원하기 시작했다. 나는 주님으로부터 기름 부음을 체험한 식으로 되돌려 받기 위해서 내가 무엇을 해야 하는지를 알기 원했다. 아마도 나는 어떤 법칙, 즉 내가 체험한 것과 같은 방법으로 기름 부음을 되돌려 받기 위해 내가 할 수 있는 그 무엇을 찾고 있었다고 생각한다.

기름 부음은 모두 나의 소관이지 너와는 상관없다

그래서 주님은 내가 기도하는 시간에 나에게 지시하시기 시작했다. 주님이 나에게 말씀하신 제일 첫 번째는 "아들아, 이 기름 부음은 모두 내가 하는 것이고 너와는 아무런 상관이 없단다"라는 것이다. 주님은 기름 부음이 주님의 뜻대로 하시는 것이지, 나의 뜻으로 하는 것은 아니라고 말씀하셨다.

그리고서 주님은 나에게 말씀하셨다. "너는 단지 그릇(容器)에 불과하다. 그 그릇을 통해서 나는 기름 부음을 흐르게 한다. 너는 이 기름 부음을 노력으로 얻을 수는 없다. 나의 뜻대로 주는 것이다. 내가 너에게 열쇠를 주어서 이 기름 부음을 언제든지 받을 수 있으며, 너는 생각하기를 기름 부음은 모두 너의 것이고 나의 것이 아니구나, 이 일을 하는 것은 내가 하는 것을 네가 알고 있기 때문에 너는 나에게 모든 영광을 돌려야 한다."

그래서 나는 주님에게 언제 내가 이 기름 부음을 내 생애에서 볼 수 있는가를 물었다. 주님은 나에게 "이것은 앞으로 올 일의 그림자이다. 내가 너를 불러 하라고 한 일에 충실하라. 시간이 지나가는 과정에서 너는 기름 부음 안에서 걸어가게 될 것이다"라고 말씀하셨다. 주님은 나에게 말씀하시기를 만일 주님께서 나에게 지금 기름 부음을 주신다면, 나는 마치 네 살짜리 아이에게 권총을 준 것과 같을 것이라고 하셨다. 나는 내 자신을 포함해서 모든 것을 날려 버릴 것이다.

이 일이 있은 후에 나는 계속해서 성경에서 기름 부음에 관한 것을 공부했다. 나는 복음서와 사도행전을 철저하게 공부하면서 예수님과 사도들의 목회 사역을 눈여겨보았다. 그리고서 나는 하나님의 강한 사람들이 주님으로부터 쓰임 받는 집회 장소에 가능한 한 많이 참석하며 보고 배웠다.

나에게 실상이 된 성경 말씀

기름 부음의 전이(접목)에 관한 주제에 관해서 나에게 큰 의미를 준 성경 구절은 마가복음 5장 25-34절이었다. 이 구절은 하나님의 모든 말씀 중에 기름 부음의 주제에 관한 가장 위대한 성경 구절이라고 나는 믿고 있다.

열두 해를 혈루증을 앓는 한 여자가 있어
많은 의사에게 많은 괴로움을 받았고 가진 것도 다 허비하였으되 아무 효험이 없고

도리어 더 중하여졌던 차에
예수의 소문을 듣고 무리 가운데 끼어 뒤로 와서 그의 옷에 손을 대니
이는 내가 그의 옷에만 손을 대어도 구원을 받으리라 함일러라
이에 그의 혈루 근원이 곧 마르매 병이 나은 줄을 몸에 깨달으니라
예수께서 그 능력이 자기에게서 나간 줄을 곧 스스로 아시고 무리 가운데서 돌이켜 말씀하시되 누가 내 옷에 손을 대었느냐 하시니
제자들이 여짜오되 무리가 에워싸 미는 것을 보시며 누가 내게 손을 대었느냐 물으시나이까 하되
예수께서 이 일 행한 여자를 보려고 둘러 보시니
여자가 제게 이루어진 일을 알고 두려워하여 떨며 와서 그 앞에 엎드려 모든 사실을 여쭈니
예수께서 이르시되 딸아 네 믿음이 너를 구원하였으니 평안히 가라 네 병에서 놓여 건강할지어다

마가복음 5:25-34

믿음의 만짐

우리는 이 성경 구절에서 한 여인이 무서운 궁지에 처해 있음을 보게 된다. 그녀는 12년 동안 의사에게 다니면서 가진 돈을 다 허비했으며, 병을 고치기는커녕 더 악화되었다. 그 때 그녀는 예수에 관한 것을 들었다. 그녀는 "내가 그의 옷에만 손을 대어도 구원을 얻으리라 함일러라 이에 그의 혈루 근원이 곧 마르매 병이 나은 줄을 몸에 깨달으니라"(막 5:28-29).

무엇보다도 그녀가 예수님의 옷을 만지는 것은 불법적이었다. 율법에 의하면, 혈우병 있는 자는 누구든지 공공장소에서 발견되면 잡아서 돌로 쳐 죽임을 당할 수 있었다. 내가 추측하기엔 그녀는 잡혀서 당하는 결과를 저울질 해보고도 예수님을 만나는 것이 중요하다고 결정을 내린 것 같다. 그녀는 예수님의 옷자락을 만져야만 했다.

당신은 그녀가 '내가 몰래 비집고 들어가서 병 고침을 받으면 아무도 그 사실을 모를 것이다'라고 혼자서 말하는 것을 거의 들을 수 있을 것이다.

만일 우리가 예수님을 잘 지켜보면, 예수님께서 야이로(막 5:22)의 집으로 가는 도중임을 알게 된다. 성경에 무리가 그에게로 모인다고 한다면 그 무리는 아마도 오천 명에서 일만 명의 사람들을 말한다.

한 가지 분명한 것은 이렇게 많은 무리들 가운데서 예수님은 군중들로 인해 밀리기도 하고 만짐을 당했음에 틀림없다. 그렇지만 이 여인이 예수님의 옷자락을 만졌을 때 그 무엇인가가 발생했다. 하나님의 능력이 예수님으로부터 그녀의 몸 속으로 흘러 들어가 그녀는 치유함을 받았다.

기름 부음을 요구하라

그 날에 예수님께서 군중들 사이를 걸어가고 있을 때 많은 다른 사람들이 예수님을 만졌음에는 틀림없다. 그러나 이 여인은 치유함을 받았다. 왜냐하면 그녀가 예수님의 삶과 목회 사역에 임하시는 기름 부음을 요구했기 때문이다. 능력이 이 여인에게로 흘러 들어갔음을 알기 바란다. 그녀는 기름 부음이 그녀에게로 흘러 들어왔음을 느꼈고, 예수님은 기름 부음이 흘러 나간 것을 알았다. 기름 부음은 만질 수 있는 것이고 항상 요구하는 것이며 개인에게 흘러 들어갈 것이다.

그녀의 믿음은 예수의 옷자락을 만지는 것이었다. 그녀가 예수를 만졌을 때 그녀는 예수와 연결되었으며 온전하게 되었다. 예수를 만져서 치유 받은 많은 다른 기록들이 있다. 사도행전에 사도들의 그림자만 병자들 위로 지나가도 병자들이 치유를 받았다.

방법과 결과

중요한 것은 다른 목회자들을 통해 흐르는 기름 부음은 다른 방법을 통해서 흐른다는 것이다. 나는 기름 부음의 전이하는 방법들을 비판하는 목사들에게 조금은 지쳐있다. 예를 들어 어떤 사람이 나에게 말하기를 부흥사들이 사람들을 향해 '후우'하고 부는 행동에는 동의하지 않는다고 말했다. 나는 "사람들에게 '후우'하고 부는 것이 무엇이 잘못되었는데요?"라고 물었다.

사람들의 침 세례를 받은 예수님께서는 그들을 향해 숨을 내쉬고는 "성령을 받으라"(요 20:22)고 말씀하셨다. 그것은 모두 만남의 지점이며, 이 지점에서 우리는 우리의 믿음을 방출할 수 있다.

성경에는 기름 부음에서부터(약 5:14) 기름 부음 받은 손수건과 앞치마에 이르기까지(행 19:11, 12) 이런 일에 대한 많은 예들이 있다. 나아만 장군은 문둥병을 치료 받기 위해 요단강에 일곱 번 자신을 담갔다. 예수님은 침을 흙으로 이겨 소경의 눈에 바른 후 실로암 연못에 가서 씻으라고 했다. 천사를 사용하여 베데스다 연못의 물이 움직이게 하였다. 치유를 위해 광야에서 놋뱀을 들었다. 성경은 다른 특이한 방법을 사용하여 좋은 결과를 얻은 예들로 가득 차 있다.

한 번은 모세가 바위를 쳤다. 다른 때는 바위를 향해 말하도록 되어 있었다. 사울 왕이 다윗으로 하여금 자신의 갑옷을 입게 하려는 것은 어떤가. 다윗은 물매와 돌을 가지고 나가기로 결정했다. 자주 우리는 우리의 방법이 유일한 방법이라 생각하지만 사실은 그렇지 않다.

다양성이 있는 하나님이시다

교회사를 공부하는 학생은 누구나 다 하나님은 보통 사람들을 사용하신다는 것을 알게 될 것이다. 이들은 서로 다른 방법을 사용한다. 우리가 모두 똑같지 않는 것에 감사를 드린다. 다양성을 주신 하나님께 감사한다.

두 사람의 등산가가 생각난다. 이 두 사람은 같은 산을 두 개의 다른 측면에서 타고 올라갔다. 두 사람은 각각 그 산을 정복한 유일한 등산가라고 확신하고 있었다. 그러나 그들 두 사람이 동시에 산정에 올랐을 때 서로 놀라는 모습을 상상해보라.

왜 우리는 방법을 두고 다툴 필요가 있을까? 목회의 열매를 한 번 보자. 예수님은 "나무는 각각 그 열매로 아나니"(눅 6:44)라고 하셨다. 옛날의 부흥을 연구해 보면, 우리가 발견한 것은 하나님께서 일을 성취시키기 위해서 다른 사람들을 어루만지심으로 사용하신다는 것을 알게 된다. 이 사실을 더 빨리 인식하면 할수록, 우리는 다른 사람들의 삶에서 하나님의 만지심을 보게 될 것이다.

기분이 나쁘지 않고 의견을 달리하는 것은 타협이 아니다. 그것은 성숙함이다

정직하게 말하겠다. 내가 개인적으로 의견을 달리하는 목사들이 있다. 그러나 의심의 여지없이 주님의 손이 그 분들의 삶 위에 임하시는 것을 알고 있다. 그들의 목회를 통하여 많은 사람들이 하나님의 만지심을 체험하게 되는 것을 기쁘게 생각한다.

그 분들의 가르침과 그 분들이 일을 처리하는 방법이 당신의 것과 100% 다르다고 해도, 우리가 영적으로 닫혀 있으면, 하나님께서 그 분들을 사용하시는 것을 보지 못한다. 만일 우리가 서로 의견을 달리한다는 것을 합의한다면, 우리 모두는 산을 함께 오를 수 있을 것이다.

새 기름을 가지고 있습니까? 아니면 오래된 것입니까?

한 교회에서 부흥 집회를 인도하고 있을 때 목사님께서 나에게 병든 사람에게 기름을 붓고 안수해 줄 수 있는지를 물으셨다. 나는 기쁘게 그렇게 하겠노라고 말하고서, 도우미 중 한 사람에게 기름 부음을 위한 기름을 가져오라고 했다. 그는 기름을 가져왔으나, 내가 그 기름병을 보기도 전에 나는 그 기름 냄새를 맡을 수 있었다. 냄새가 고약했다. 곰팡내 나는 썩은 냄새가 났다. 그 도우미를 보내어 가게에 가서 신선한 기름－삼위일체 성령기름(three in one Holy Ghost Oil)을 사오게 했다. 사람들이 왜 악취가 나고 오래된 기름을 사용하는지 이해할 수가 없었다.

주님께서 그 때 나에게 말씀하시기를 바로 이런 냄새가 주님의 대부분의 자녀들이 영적으로 풍기는 냄새라고 하셨다. 그들은 어제의 오래된 기름으로부터 악취를 풍긴다. 그들이 가지고 있는 것은 오래된 것이고 진부한 것이다. 주님께서는 그의 백성들이 실질적이며 신선하며 그리고 생기가 넘치는 것을 가지기를 원하신다.

어제의 떡으로 사는 것을 그만두라

자기 백성을 위한 하나님의 계획은 신선한 기름으로 기름 부음을 받게 하는 것이다. 많은 그리스도인들이 어제의 떡인, 어제의 계시로 살고 있다. "나는 1919년을 기억해요."라고 그들은 말한다. "내가 자랄 때 어떠했는지 기억나요.", "바로 지난 해로 돌아갈 수만 있다면", "그 때의 치유부흥으로 돌아갈 수만 있다면", "만약 지금이 위글스워스 형제의 때라면", "만약 예수님과 사도들의 시대로 걸어갈 수만 있다면", 그러나 성경은 이렇게 말씀하신다. "내가 너희에게 말하노니 많은 선지자와 임금이 너희 보는 바를 보고자 하였으되 보지 못하였으며…."(눅 10:24a)

예비된 교회

당신과 나는 한 시대가 끝나는 마지막 때를 살아가고 있다. 우리는 인간의 역사 중 가장 중요한 때를 살고 있다. 우리가 이러한 흥분된 날에 무엇을 그만 포기하거나 패배 당하여 우리의 손을 들 시간이 아니다. 일할 시간이다.

성경은 "때가 아직 낮이매 나를 보내신 이의 일을 우리가 하여야 하리라 밤이 오리니 그때는 아무도 일할 수 없느니라"(요 9:4)고 말씀하신다. 예수님은 곧 오실 것이다. 주님은 예비 된 교회 즉, 준비된 교회를 원하신다. 만일 우리가 세상을 향해 나아가려고 한다면, 우리는 성령으로 채워져야 하고 신선한 기름으로 채워져야 할 필요가 있다.

이는 마치 자동차와 같다. 차를 처음 구입했을 때 당신은 규칙적으로 서비스를 받기도 하고 오래 보존할 수 있도록 기름을 바꿔 주기도 한다. 만약 당신이 일시적인 것에 이와 같이 당신의 마음을 쏟는다면, 얼마나 더 열심히 당신의 마음을 돌보고 당신 자신으로 하여금 정기적으로 성령의 신선한 기름으로 바꿔지도록 해야 하지 않겠는가. 당신의 삶은 하나님을 섬기는 흥분으로 지속될 것이다.

너무도 많은 하나님의 사람들이 자신들을 지키기보다는 그들의 기쁨을 빼앗아가는 종교의 영에 사로잡히도록 하고 있다. 어떤 사람들은 그리스도인의 삶에서 뒤로 후퇴하거나 마음이 차가워지는 것은 당연한 일이다.

성령은 기름으로 상징된다

성령의 상징들 중 하나는 기름이다. 기름을 바르면 삐걱거리는 소리를 정지시킬 수 있다. 교회에는 삐걱거리는 그리스도인들이 너무 많다. 그들은 항상 불평하고 삐걱거린다. 예배가 너무 길면 삐걱거린다. 만약 설교자를 좋아하지 않으면 삐걱거린다.

성령의 기름이 임할 때, 이런 모든 삐걱거리는 소리들은 제거된다. 그렇게 되면 당신은 아주 부드럽게 달릴 수 있게 될 것이다.

신랑의 오심

그러나 그 날과 그 때는 아무도 모르나니 하늘의 천사들도, 아들도 모르고 오직 아버지만 아시느니라
노아의 때와 같이 인자의 임함도 그러하리라
홍수 전에 노아가 방주에 들어가던 날까지 사람들이 먹고 마시고 장가들고 시집 가고 있으면서 홍수가 나서 저희를 다 멸하기까지 깨닫지 못하였으니 인자의 임함도 그러하리라
그 때에 두 사람이 밭에 있으매 한 사람은 데려가고 한 사람은 버려둠을 당할 것이요
두 여자가 맷돌질을 하고 있으매 한 사람은 데려가고 한 사람은 버려둠을 당할 것이니라
그러므로 깨어 있어라 어느 날에 너희 주가 임할는지 너희가 알지 못함이니라

너희도 아는 바니 만일 집 주인이 도적이 어느 시각에 올 줄을 알았더라면 깨어 있어 그 집을 뚫지 못하게 하였으리라
이러므로 너희도 준비하고 있으라 생각지 않은 때에 인자가 오리라

마태복음 24:36-44

많은 이들이 아직 준비되지 않았다

이러한 마지막 때에 "주님이 오신다는 증표가 어디 있는가?"라고 묻은 사람이 있을 것이다. 나는 '주님은 오고 계시다!'고 말하겠다. 주님은 당신이 준비되기 원하시며, 당신이 준비될 수 있는 유일한 길은 성령의 기름으로 충만해 지는 것이다.

충성되고 지혜 있는 종이 되어 주인에게 그 집 사람들을 맡아 때를 따라 양식을 나눠 줄 자가 누구냐
주인이 올 때에 그 종의 이렇게 하는 것을 보면 그 종이 복이 있으리로다

마태복음 24:45, 46

당신은 예수님께서 마치 오늘 오시는 것처럼 살아야 한다. 백년 후에 오시는 것처럼 기대하지 말라. 준비하라. 너무도 많은 사람들이 이렇게 말한다. "곧 예수님께서 오실 것이기 때문에 우리는 우리 아이들을 대학에 보낼 수 없어", "예수님이 오고 계시기 때문에 우리는 지금 결혼할 수 없어", "예수님이 오고 계시기 때문에 우리는 집을 살 수 없어."

아니다. 당신은 당신의 일상생활을 계속해야 하며 처리해야 할 일들을 해야 한다. 미래를 미리 계획하나 준비되어 있어야 한다. 주님께서는 어떤 순간에 오실 것이다. 당신은 지금 죽을 준비가 되어 있는가?

어떤 일에든지 준비되어 있어라

만약 당신이 어떤 일을 할 준비가 되어 있지 않다면, 준비하는 것이 좋을 것이다. 우리는 준비된 상태에 있어야 한다. 설교할 준비가 되어 있고, 기도할 준비가 되어 있고, 간증할 준비가 되어 있고, 그리고 어떤 시간에도 죽어서 주님을 대면할 준비가 되어 있어야 한다.

내가 진실로 너희에게 이르노니 주인이 그 모든 소유를 그에게 맡기리라
만일 그 악한 종이 마음에 생각하기를 주인이 더디 오리라 하여
동료들을 때리며 술친구들과 더불어 먹고 마시게 되면

마태복음 24:47-49

바로 이런 현상이 지금 교회에서 일어나고 있는 일이다. 그들은 "주님은 오시는 것을 늦추고 계셔"라고 말한다. 그래서 그들은 서로를 공격하며 세상과 함께 먹고 마신다.

생각하지 않은 날 알지 못하는 시각에 그 종의 주인이 이르러
엄히 때리고 외식하는 자가 받는 벌에 처하리니 거기서 슬피 울며 이를 갈리라

마태복음 24:50-51

자정에 텅 비어있는 등

그 때에 천국은 마치 등을 들고 신랑을 맞으러 나간 열 처녀와 같다 하리니
그 중에 다섯은 미련하고 다섯은 슬기 있는 자라
미련한 자들은 등을 가지되 기름을 가지지 아니하고
슬기 있는 자들은 그릇에 기름을 담아 등과 함께 가져갔더니

신랑이 더디 오므로 다 졸며 잘새
밤중에 소리가 나되 보라 신랑이로다 맞으러 나오라 하매

마태복음 25:1-6

성령은 이렇게 부르짖고 계신다. '보라, 신랑이 오고 있도다. 보라, 신랑이 오고 있도다. 보라, 신랑이 오고 있도다.' 주님은 오고 계신다. 주님은 오고 계신다. 당신이 어떤 생각을 하던 그것은 상관없다. 주님은 오고 계신다! 주님은 당신이 정신을 차리고 "네, 주님! 이제 오셔도 돼요"라고 말하기를 기다리시지 않는다. 주님은 오고 계신다.

이에 그 처녀들이 다 일어나 등을 준비할새
미련한 자들이 슬기 있는 자들에게 이르되 우리 등불이 꺼져가니 너희 기름을 좀 나눠 달라 하거늘
슬기 있는 자들이 대답하여 이르되 우리와 너희가 쓰기에 다 부족할까 하노니 차라리 파는 자들에게 가서 너희 쓸 것을 사라 하니
그들이 사러 간 동안에 신랑이 오므로 예비하였던 자들은 함께 혼인 잔치에 들어가고 문은 닫힌지라
그 후에 남은 처녀들이 와서 이르되 주여 주여 우리에게 열어 주소서
대답하여 이르되 진실로 너희에게 이르노니 내가 너희를 알지 못하노라 하였느니라
그런즉 깨어 있어라 너희는 그날과 그 시를 알지 못하느니라

마태복음 25:7-13

당신은 텅 비어 있는 등을 가지고 있을 때 주님이 오시기를 원하는가? 만일 당신이 하나님을 위하지 않는다면, 당신은 하나님을 반대하는 것이다. 만일 당신의 삶이 차가워져 성경을 읽을 수 없다거나, 기도할 수 없다거나, 하나님을 예배할 수 없을 때는 무엇인가가 잘못된 것이다. 다시 당신의 삶이 소생하기 위해서는 성령의 기름이 필요하다.

당신의 마음을 준비하라

준비할 시간이 왔다. 하나님께서는 교회에게 말씀하신다. 바로 이 시간이 준비할 시간이다. 무거운 것과 얽매이기 쉬운 죄들을 벗어 버릴 시간이 왔다.(히 12:1) 우리의 머리가 아닌 우리의 가슴(마음) 곧, 속사람을 준비할 시간이 왔다. 하나님의 백성들이 영계에서 난관을 타개할 시간이 왔다. 그들의 영혼이 육체에서 난관을 타개할 시간이 왔다. 사단은 너무나 오랫동안 교회를 속박 가운데 두었다.

당신이 성령의 기름을 얻게 될 때, 그 기름은 마치 강력한 불과 같이 임할 것이다. 하나님은 성령의 성냥에 불을 붙이셔서 당신을 타오르게 할 것이다. 당신은 성령의 강력한 횃불처럼 이 땅을 전진해 나가면서 성령의 불타오르는 자국을 남길 것이다.

만약 예수 그리스도께 당신의 마음을 열고 성령에게 귀를 기울이면 하나님께서는 당신이 있는 곳에서부터 그 즉시 불꽃을 보내실 것이다. 그 불은 당신의 도시를 태우고 당신의 국가를 태우게 될 것이다. 그 불은 산기슭의 작은 언덕과 평지로 나아갈 것이다. 그 불은 고속도로와 샛길을 따라 태우며 나아가게 될 것이다. 부흥은 강력한 불과 같이 뻗어나갈 것이며, 하나님의 영광이 나타날 것이다.

새로운 쏟아 부으심

지금의 때는 성령께서 새로운 기름을 쏟아 부으시는 때이다. 이 기름은 당신을 위한 것이며 또한 누구나 와서 생수의 샘물을 마시는 사람들을 위한 것이다. 부흥은 당신 안에서 시작된다. 당신을 위해 당신의 이웃 안에서부터 시작되지 않는다. 다른 사람들에 대해서는 잊어 버려라. 당신 자신에게 초점을 맞추어라. 당신은 하나님과 함께 어디에 서 있는가? 당신의 등잔은 얼마나 채워져 있는가? 당신의 등잔은 손질되어 있는가? 당신은 얼마나 준비되어 있는가? 당신의 가족이나 이웃에 대해서는 잊어버려라. 당신은 어떠한가?

그러므로 성령이 이르신 바와 같이 오늘날 너희가 그의 음성을 듣거든 광야에서 시험하던 날에 거역하던 것 같이 너희 마음을 완고하게 하지 말라 거기서 너희 열조가 나를 시험하여 증험하고 사십 년 동안 나의 행사를 보았느니라 그러므로 내가 이 세대를 노하여 이르기를 그들이 항상 마음이 미혹되어 내 길을 알지 못하는도다 하였고 내가 노하여 맹세한 바와 같이 그들은 내 안식에 들어오지 못하리라 하였다 하였으니 형제들아 너희가 삼가 혹 너희 중에 누가 믿지 아니하는 악한 마음을 품고 살아 계신 하나님에게서 떨어질까 조심할 것이요
오직 오늘이라 일컫는 동안에 매일 피차 권면하여 너희 중에 누구든지 죄의 유혹으로 완고하게 되지 않도록 하라

히브리서 3:7-13

완고해진 마음

교회 안에서의 문제 중 하나는 죄의 속임수로 말미암아 마음이 완고해진 것이다. 매일 우리는 서로를 권면한다. 당신의 형제나 자매가 없이도 할 수 있다고 절대로 말하지 말라. 교회 갈 필요가 없다고 절대로 말하지 말라. "우리는 테이프가 있으니까 테이프를 들으면 되어요"라고 당신은 말한다. 또한 "바로 이 시간 밖에 가족과 보낼 수 있는 시간이 없어요."라고 말한다.

성경은 "모이기를 폐하는 어떤 사람들의 습관과 같이 하지 말고 오직 권하여 그날이 가까움을 볼수록 더욱 그리하자"(히 10:25)라고 말씀하신다. 그리스도의 재림의 시간이 다가오고 있다. 오늘 우리는 그 어떠한 날보다 재림에 가까이 와 있다. 내 영 안에 긴급함을 느낄 수 있다. 시간은 똑딱거리며 지나가고 이루어야 할 일들은 남아 있다.

우리가 시작할 때에 확신한 것을 끝가지 견고히 잡고 있으면 그리스도와 함께 참여한 자가 되리라
성경에 일렀으되 오늘날 너희가 그의 음성을 듣거든 격노하시게 하던 것 같이 너희 마음을 완고하게 하지 말라 하였으니
듣고 격노하시게 하던 자가 누구냐 모세를 따라 애굽에서 나온 모든 사람이 아니냐
또 하나님이 사십 년 동안 누구에게 노하셨느냐 시체가 광야에 엎드러진 범죄한 자들에게가 아니냐
또 하나님이 누구에게 맹세하사 그의 안식에 들어오지 못하리라 하셨느냐 곧 순종하지 아니하던 자들에게가 아니냐
이로 보건대 저희가 믿지 아니하므로 능히 들어가지 못한 것이라

히브리서 3:14-19

불신의 죄

만약 당신의 마음이 굳어지고 불신으로 채워지게 된다면 당신은 성령 안에서 행동할 수 없다. 어떤 그리스도인들은 하나님께서 행하시는 어떤 일도 믿지 않는다. 만일 누군가가 죽음에서 살아났어도 그들은 "그가 죽었었는지 당신은 어떻게 압니까?"하고 묻는다. 만약 하나님께서 지붕을 날려 버리셨어도 그들은 그것이 올바르게 지어지지 않았었다고 말할 것이다. 그들은 항상 회의적이며 항상 의심으로 가득하며 항상 불신으로 가득하다. 우리는 변해야 한다. 불신을 초래하는 것이 무엇인가? 속임수의 죄다.

하나님 집에서 심판을 시작할 때가 되었나니…

베드로전서 4:17a

사람들이 이 말씀을 듣는 것을 원치 않는다. 그들은 '듣기 좋은' 구절만 듣기를 원한다. 그들은 빌립보서 4장 19절이나 그와 비슷한 구절에 자신들의 모든 믿음을 두고 있다. 그러나 베드로전서 14장 17절은 빌립보서 4장 19절과 동일한 성경이다.

성경은 말한다. "모든 성경은 하나님의 감동으로 된 것으로 교훈과 책망과 바르게 함과 의로 교육하기에 유익하니 이는 하나님의 사람으로 온전케 하며 모든 선한 일을 행하기에 온전케 하려 함이니라"(딤후 3:16-17). 당신은 성령의 기름으로 철저히 채워져 있어야 한다. 당신은 성령의 기름으로 충만하게 채워져 있으며 당신의 등잔은 잘 손질되어 있음을 모든 사람과 지옥에 있는 모든 악한 영들까지라도 알게 하라.

심판은 하나님의 집에서 시작된다

하나님의 집에서 심판이 시작할 때가 되었다. "하나님의 집에서 심판을 시작할 때가 되었나니 만일 우리에게 먼저 하면 하나님의 복음을 순종하지 아니하는 자들의 그 마지막이 어떠하며"(벧전 4:17).

현재 세상은 비웃고 있다. 그러나 그들은 아직 하나님의 능력과 영광을 보지 못했다. 그들은 상아탑에 앉아 하나님의 일들과 하나님의 역사와 복음의 사역자들을 조롱하고 있다. 하나님께서 "그 정도면 됐어! 나는 충분히 받았다"고 말씀하실 때가 오고 있다. 하나님의 능력이 이 땅을 휩쓸 것이다. 하나님의 영광을 보게 될 것이다. 하나님의 성령을 조롱한 사람들은 땅에 고꾸라져 죽을 것이다.

하나님께서는 조롱당하지 않으셨다. 하나님께서는 교회를 자신이 원하는 그릇으로 만들기 위해 깨끗이 하시기를 원하신다. 그 때 우리는 능력으로 전진할 것이며, 주님은 세상을 심판하기 시작하실 것이다. 거기에는 자연 재해도 있을 것이다. 온 도시가 지진에 삼켜질 것이다. 성경은 "네가 이것을 알라 말세에 고통하는 때가 이르러"라고 말씀하신다(딤후 3:1).

우리는 하나님의 가장 위대한 움직임의 가장자리에 있다

우리는 성령의 가장 위대한 부흥의 가장자리에 살고 있다. 만약 당신이 행동을 정결케 하고 다음과 같이 말한다면, 당신들 모두가 이 부흥의 한 부분이 될 수 있다. "하나님, 나는 모든 것에 지쳤습니다. 나는 주님 외에 어떠한 것도 갈망하지 않습니다. 나는 오직 주님만을 위해 살기 원합니다. 나를 변화시켜 주시고, 당신의 기름부음으로 나를 채워 주소서. 나는 하나님의 역사하심에 동참하기 원합니다. 저는 역사하심의 반열에 서기를 원합니다. 나는 주님의 군대에 한 요원이 되기를 원합니다. 나는 신병 훈련소에 남아 있기를 원치 않습니다. 나는 최전선으로 나가기 원합니다."

또 의인이 겨우 구원을 받으면 경건하지 아니한 자와 죄인은 어디에 서리요 그러므로 하나님의 뜻대로 고난을 받는 자들은 또한 선을 행하는 가운데 그 영혼을 미쁘신 창조주께 부탁할지어다

베드로전서 4:18-19

하나님께서는 당신의 가슴(마음) 가운데서 일하기 원하신다. 그러나 주님은 한가로이 다니시지 아니하시며, 당신이 안락의자에 앉아 텔레비전을 보며 탄산음료를 즐기는 동안 역사하시지 않을 것이다. 중간 TV 광고가 나오는 시간에 당신은 "성령님, 지금이 당신의 기회입니다"라고 말하고서 성령께서 역사하시기를 기대하고 있다. 그러면 안 된다. 당신은 자신을 구별시키고 갈급해하며 주님께 울부짖어야 한다. 당신은 기도해야 한다.

기름 부음 없이 죽지 말라

나는 기름 부음이 없는 바에 차라리 죽는 것이 더 나은 것을 알고 있다. 만약 하나님께서 내가 하나님의 기름 부음 안에서 걸어갈 수 없다고 말씀하신다면, 하나님께서 나를 데리고 가시기를 구할 것이다. 왜냐하면 내가 살아야 할 이유가 없기 때문이다.

하나님께서는 우리가 주님이 흘러가실 수 있는 그릇이 되기를 원하신다. 당신은 하나님께 울부짖어야 한다. "하나님, 나는 주님께 쓰임 받기를 갈망합니다. 죽도록 쓰임 받기를 원합니다. 주님, 나를 사용하소서. 나를 사용하소서. 오 하나님, 나를 사용하소서!" 이 순간 주님은 오셔서 당신을 사용하실 것이다.

어떤 사람들은 이를 믿지 않는다. 그들은 "하나님, 당신은 이러한 모든 자격을 갖춘 사람을 찾고 계십니다. 나는 이런 학위와 이런 졸업 증서를 가지고 있습니다. 당신은 내가 없이는 일할 수 없습니다. 만약 주님이 나를 택하지 않으신다면 당신의 왕국은 피해를 보게 될 것입니다. 하나님, 만약 당신이 나를 선택하지 않으신다면 이 세상은 고통을 당하게 될 것입니다. 저는 없어서는 안 되는 존재입니다!"

그렇다. 하나님은 당신을 원하신다. 그러나 하나님은 당신 없이도 하실 수 있다. 당신이 없으면 천국 문은 닫을 것이라거나, 또는 하나님께서 사임하시거나 보좌를 떠나실 것이라고 생각하지 말라. 주님은 이미 천국을 한 번 떠나셨다. 그가 인류를 위해 죽기 위해 이 곳에 오셨다가 다시 사셨다.

당신은 갈급한가?

배고픔이 있어야 한다. 성경은 "의인의 간구는 역사하는 힘이 많으니라"(약 5:16b)고 말씀하신다. 눈 속에 얼굴을 파묻고 기도하였던 브레인너드(Brainerd)란 사람에 대한 이야기가 있다. 그 열정적인 기도로 주변의 몇 미터 둘레의 눈은 녹아 내렸다.

오늘날 사람들은 그런 기도하기를 원치 않는다. 그들은 TV가 켜져 있는 방에서 '기도'할 것이다. 기도하면서 야구 경기를 보기 위해서이다. 바비큐 파티를 한다고 교회로 오라고 부를 때 수 백 명의 사람들이 오는 것을 볼 수 있다. 그러나 기도 모임 또는 철야기도 모임에 참석하라고 부를 때 그들의 변명을 들어 보라. "목사님, 너무 피곤해서요. 오늘 하루 종일 일을 했거든요."

당신은 성령을 원해야만 한다. 주님을 향한 갈급함이 있어야 한다. 당신의 삶에서 그 어떤 것보다도 기름 부음을 갈망해야만 한다. 당신의 삶 자체보다도 더욱 기름 부음을 원해야 한다. 당신은 하나님과 담판을 지어야 한다. 하나님과 진지해야 한다. 이는 그저 복도 사이를 빠르게 지나가며 당신의 머리 위를 손으로 치고 지나가는 것이 아니다. 당신은 이를 갈망해야 한다. 당신 마음의 밑바닥에서부터 그리고 당신 존재의 깊은 곳으로부터 철저하게 갈망해야 한다. 하나님께 부르짖어야 한다.

"하나님께서 원하시는 대로 행하소서. 그러나 제발 제가 하나님이 하시는 일의 한 부분이 되게 해 주소서. 내 마음속에서도 역사하소서!" 하나님은 당신의 마음 속에서 일하실 수 있다.

사울에게 일어난 일을 보라

하나님께서는 사도행전 9장의 사울(바울)에게 하셨던 것처럼 몇몇 사람들에게 하실 것이다. 주님께서는 사울을 말에서 떨어뜨리시고 사흘 밤낮을 보지 못하게 하셨다. 하나님을 전적으로 반대하는 사람들은 그러한 식으로 취급을 받을 것이다.

내 삶의 길에서 나는 전혀 그와 같은 경험을 해 본 적이 없다. 우리들 대부분 또한 그런 경험을 해 본 적이 없다. 일반적으로 그런 경험은 그런 경험을 갈망했으며, 그것을 위해 선택받은 사람들에게 일어난다.

알렌(A.A. Allen)과 같이 하나님의 위대한 사람들의 이야기를 읽어보라. 알렌은 자신을 방안에 가두어 놓고 그의 부인에게 말하기를 비록 고함을 지르더라도 자신을 방 밖으로 나가지 못하게 하라고 했다. 마침내 그가 방에서 걸어 나왔을 때 하나님의 영광이 그를 완전히 덮고 있었다. 그는 신선한 기름으로 기름 부음을 받은 것이다.

모든 사람들이 목회 사역을 하고 싶어 한다. 그러나 그 누구도 하나님께서 원하시는 그릇이 되기 위해 값을 치르기를 원하는 사람은 없다. 그 값이 어떤 것이든지 치르고자 하는 충분한 갈급함이 있을 때 하나님께서는 신선한 기름으로 우리를 채워주실 것이다.

내세의 능력

한 번 빛을 받고 하늘의 은사를 맛보고 성령에 참여한 바 되고 하나님의 선한 말씀과 내세의 능력을 맛보고
타락한 자들은 다시 새롭게 하여 회개케 할 수 없나니 이는 그들이 하나님의 아들을 다시 십자가에 못 박아 드러내놓고 욕하게 함이라

히브리서 6:4-6

당신이 깨우침을 받게 될 때, 이는 거듭난 것을 의미한다. 빛이 들어온다. 위의 구절에서 말하는 하늘의 은사는 성령을 말한다.

나는 어떤 사람이 구원을 상실하고 상실하지 않는가에 대한 신학적 설명으로 파고 들어가기를 원하지 않는다. 이 구절은 내가 하나님의 말씀을 처음 읽은 순간부터 호기심을 끌었다.

여기에 내가 초점을 맞추기 원하는 구절은 나에게도 큰 관심을 갖게 하는 그 무엇이었다. 하나님께서 나를 만나 주셨을 때 하신 일 때문이다. 그것은 아주 짧은 '내세의 능력'이란 구절이다.

낙원으로 오라

내가 시카고의 라틴 아메리카 계열의 교회를 방문했던 때 일어난 일이다. 그 날 저녁 천 명 정도의 사람들이 왔다. 하나님의 능력이 그들 모두에게 임했다. 사람들은 바닥 전체에 누워있었고 나는 방언으로 말하고 있었다.

누군가가 내게 달려와서 말했다. “목사님은 완벽한 스페인어를 구사하시는군요.” 나는 생각했다. 나는 혼잣말로 했다. 난 스페인어를 할 줄 모른다. 나는 스페인어를 배우고 싶었지만 배운 적이 없다. 스페인어는 아름다운 언어이다. 그러나 전혀 배운 적이 없었다.

그래서 나는 “내가 뭐라고 말을 했지요?”라고 물었다. 그는 말했다. “모든 사람을 낙원으로 오라고 초청했어요. 계속 위 아래로 걸어가며 사람들을 지적하면서 ‘천국으로 오세요. 천국으로 오세요.’ 라고 말했어요.”

성령의 기쁨

1990년 1월 펜실바니아의 피츠버그에서 집회가 있었다. 주님의 영광이 그 장소에 임했다. 대부분의 사람들은 자리에 앉아 있지 않았다. 그들은 하나님의 능력 아래 땅 바닥에 누워 있었다.

하나님의 임재하심이 구름처럼 임하고 사람들은 기쁨으로 충만했다. 그 기쁨은 그들의 배로부터 끓어올랐다. 사람들은 완전히 성령으로 취했다. 하나님의 기름 부음이 그들 위에 임했으며, 그 장소에 있었던 사람들은 성령의 완전한 무아지경에 빠졌다. 그들은 제 정신이 아니었다.

주님께서는 내게 말씀하셨다. “너는 내세의 능력을 맛보고 있는 것이다. 이것은 천국의 극히 작은 일부분, 천국의 영광을 힐끗 맛본 것에 불과하다.”

다시 말하면, 주님은 내게 이렇게 말씀하시는 것이었다. “너는 볼 수 없지만, 개개인에게 임한 것이 나의 영광이다. 하나님의 구름이 각 사람 위에 임하고 계신다. 거기에는 천국의 극히 일부분이 있다. 적은 양의 나의 영광이 내려와 그들 위에 거하는 것이다."

이 이야기를 다른 이야기로 받아들이는 자들에게는 이런 현상은 아무런 의미가 없다. 왜냐하면 그들은 그 영광 아래 있지 않기 때문이다. 그러나 만일 그들이 그 영광 아래 거하게 되었다면 무슨 의미가 있든 없든 상관하지 않을 것이다.

만일 당신이 이러한 집회에 와서 당신의 생각으로 무엇이 일어나는 중인지 분석하고 알아내려 한다면 당신은 그 의미를 놓치고 말 것이다. 내가 이러한 집회에 설 때마다, 나는 하나님께서 행하시는 일로 놀라곤 한다. 이러한 집회를 떠날 때는 주님이 행하신 일로 말미암아 몹시 놀라게 된다.

하나님의 역사하심을 갈급해 할 때 모든 것이 시작되었다

이것은 1989년 4월에 일어나기 시작했다. 내 목회 사역을 조정할 필요가 있었다. 나는 이러한 일이 일어나게 해 달라고 하나님께 구하지 않았다. 나는 그저 말했다. "주님, 당신의 능력이 나타나서 사람들의 삶을 만지시는 것을 보기를 원합니다. 제발, 역사하옵소서. 당신이 원하는 일을 하시옵소서."

우리는 뉴욕의 올바니에서 여러 집회를 가졌다. 그 때 하루에 두 번씩 집회를 열었다. 나와 나의 아내는 하나님께서 역사하시기를 갈급해 했다. 우리는 주님의 영광이 나타나기를 간절히 바랬다.

화요일 아침 집회였다. 내가 설교하고 있을 때, 주님의 영광이 건물 안에 임했다. 마치 누군가가 내게 무거운 담요를 덮는 듯 함을 느꼈고, 주님의 임재하심이 그 곳에 충만함을 느꼈다.

한 자매가 약 세 줄 뒤에 앉아 있었다. 나는 그녀가 눈을 깜박이며 천장을 바라보고 있는 것을 보았다. 나는 설교를 중단하고 그녀에게 "자매님, 괜찮으세요?"하고 물었다. 그녀는 아무것도 아니라고 말했다.

그러나 그녀가 말하기를, 그녀가 거기 앉아 있을 때 구름 같이 매우 두꺼운 안개가 내려와 그 곳을 채우는 것을 보았다고 했다. 빛과 천장이 사라졌다. 그 안개는 그 자매로 하여금 자신이 자라난 연안 지역을 기억나게 했다. 그 연안 지역에서는 아침 일찍 일어나면 짙은 안개 때문에 몇 미터 앞까지 밖에 볼 수 없었다.

나는 구름을 보지는 못했으나 느꼈다. 그 때 나는 음향 조종실에서 두 사람을 불러내었고, 그들이 복도로 걸어오고 있었다. 그들이 복도의 3분의 2정도 걸어내려 왔을 때, 그들은 하나님의 만지심 아래 쓰러졌다. 그 누구도 그들을 만지지 않았다. 그 후 그들이 나에게 말하기를 그들이 복도를 내려올 때 매우 두꺼운 안개 속으로 걸어 들어갔으며 아무에게도 안수를 받지 않았는데 능력 아래 쓰러졌다고 했다.

가장 놀라운 일이 일어나다

내가 설교하고 있을 때 하나님의 능력이 내려오기 시작했다. 많은 사람들이 자리로부터 떨어지기 시작했다. 이는 마치 누군가가 그들에게 총을 쏘고 있는 것 같았다. 어떤 곳에서는 몇 줄이 한꺼번에 쓰러져 갔다. 그들은 웃고 울면서 모두가 그 자리에서 쓰러졌다. 마치 술 취한 사람들 같았다.

나는 사람들의 소음에도 불구하고 설교하려 했으나 도움이 되지 못했다. 주님의 영광이 너무도 놀라운 방법으로 임하셨다. 어떤 이들은 앉아 있는 자리에서 치유를 받았다. 주님은 나에게 "네가 나로 하여금 역사하도록 허락만 한다면 내가 언제나 이렇게 역사할 것이다"라고 하셨다.

하나님의 이러한 역사는 1989년 4월부터 이 책을 쓰고 있는 1992년 7월까지 계속되고 있다. 아무런 과장 없이 정확하게 말하자면, 우리가 지금도 경험하는 하나님의 이러한 놀라운 역사하심을 개인적으로 경험한 사람이 약 십만 명 정도이다. 지난 6개월 동안 팔천 명 이상이 구원을 받았고, 사천 명이 세례를 받았다.

영광으로 불타오르는 목사들이 일어났고, 그 영광은 부흥의 확산으로 이어지고 교회 성장으로 이어졌다. 몇 몇 교회들은 부흥 집회 이후 일 년 만에 백 명으로 육백 명으로 성장하게 되었다. 다른 교회들은 일 년 사이에 수 천 명 이상으로 폭발하였다. 많은 교회들이 하나님의 역사하심으로 인하여 믿을 수 없는 비율로 성장하고 있다.

마치 천국과 같다

나는 다른 집회에서 주님께서 감동을 주신 몇 사람들을 위해 교회 안을 걸어가며 기도하고 있었다. 나의 왼편에 앉아 있던 형제를 위해 기도하러 가는데 그가 일어나서 나를 껴안았다. 그런데, 그가 내게 말하기를, 자신은 수년 전에 죽었는데 그의 몸을 잠시 떠나서 영광에 사로 잡혔다고 했다.

그는 지금 일어나고 있는 일이 실제라는 것을 안다고 말했다. 왜냐하면 성령의 임재하심, 즉 하나님의 영광을 자신이 다른 편으로 넘어가려 할 때 체험했기 때문이라 했다. 당신이 영광의 영역으로 건너갈 때 천국은 엄청난 기쁨이 있는 곳이라는 것을 알게 될 것이다. 천국에는 절망이나 슬픔이나 아픔이나 가난, 그 어느 것도 존재하지 않는다. 천국은 영광스러운 곳이다. 성경은 '주님의 임재 안에 기쁨이 충만하도다'라고 말씀하신다. 천국이 바로 주님의 임재 안에 있는 것이다.

히브리서 6장에 따르면 나는 깨닫게 되고 거듭날 수 있다. 그리고 하늘의 은사를 맛보고 성령에 참예한바 될 수 있다. 또한 하나님의 좋은 말씀과 내세의 능력을 맛볼 수 있다.

깨달음은 있으나 성령에 참예 되지 않을 수도 있다. 그리고 성령에 참예한바 되나 하나님의 좋은 말씀을 맛보지 못할 수도 있다. 또는 하나님의 좋은 말씀을 맛보나 내세의 능력에 들어가지 못할 수도 있다. 이 성경 구절에는 진행 과정이 있다. 나는 그리스도 안에 있는 성숙되지 못한 이는 아직도 하나님의 보다 깊은 일에 참예하지 못했다고 생각하곤 했다.

지금은 성숙해야 할 시간이다

이 성경구절은 성숙, 즉 성장에 관하여 말하고 있다. 우리는 큰 아기가 되기를 원치 않는다. 당신이 성숙하기 시작하는 것은 매일매일을 주님의 임재 안에서 시간을 보낼 때이다. 지렁이를 기다리며 항상 입을 벌리고 있는 새끼 새 노릇을 그만 두자. 당신이 자랐을 때에는 지렁이를 물어다가 다른 새들을 먹일 수 있게 된다. 지렁이를 어떻게 얻느냐 하는 것을 당신 자신이 알게 되는 것이다.

가끔 하나님의 능력이 내게 임할 때 자연계의 감각은 잃어버리고 초자연계의 것이 너무나 사실적인 것이 된다. 주님과 함께 하기 위하여 집으로 가야 한다고 생각한 적도 있었다. 주님의 영광이 너무도 강하게 내 위에 임하셔서 나를 다른 영역 즉, 하나님의 영역으로 들어 올리고 있었다. 내가 이 아래 지상에 거하는 것보다 더 주님과 함께 있기를 원했다.

나는 수년 전에 쓰여 진 '네 눈을 들어 예수를 보라'와 같은 찬양이 의미하는 바를 알기 시작했다. 이 곡을 쓴 사람은 영광의 영역을 깊이 체험하였기에 이 땅의 모든 것은 '이상하게 희미해졌다'는 것을 알게 되었다. 나는 이 찬양의 가사인 '말할 수 없는 기쁨과 영광의 충만함 이 모든 것의 절반도 아직 알려지지 않았네'를 이해하게 되었다.

말할 수 없는 기쁨과 영광의 충만함

주님의 영광이 내게 임했을 때, 나는 말을 할 수 없다는 것을 발견했다. 그래서 왜 내가 말할 수 없는지 알게 되었다. 제 정신이 아닌 것이다. 다른 사람들이 당신에게 일어나고 있는 일이 무엇인지 알지 못한다면 아마도 당신이 술에 취했다고 생각할 것이다. 당신은 거저 성령에 취하게 된다.

우리가 만일 미쳤어도 하나님을 위한 것이요 정신이 온전하여도 너희를 위한 것이니

고린도후서 5:13

하루는 주님이 나에게 말씀하셨다. "이것이 나로부터 온 것이라고 사람들을 설득시키는 것이 너의 임무가 아니다. 사람들이 이를 받아들이도록 하는 것이 너의 임무가 아니다. 내가 원하는 것은 그들 앞에 상을 베풀고 그들이 와서 먹게 하는 것이다." 그리고 나는 이 성경구절이 생각났다. "너희는 여호와의 선하심을 맛보아 알지어다"(시 34:8a).

나는 안으로 들어가는 것에 대해 말하는 것이다. 만약 당신이 손님을 위해 상을 차렸는데 그들이 왔다가 그저 돌아간다면 당신의 감정이 상할 것이다. 그래서 하나님은 교회에서 이렇게 말씀하신다. "와서 먹어라. 만약 먹지 않는다면 나는 다른 사람들을 찾아 와서 먹게 할 것이다."

한 번의 경험이 아닌

만약 내세의 능력들을 한 번 밖에 맛보지 않았다면, 당신에게 필요한 것은 단 한 번의 경험이다. 당신은 기도를 받기 위해 줄을 또 설 필요가 없다. 기도를 또 받을 필요가 없다. 그 장소에 다시 들어갈 필요가 없다.

그러나 이것을 알고 있는가? 내 마음속에 확신하게 된 것은, 이 체험은 하나님의 모든 자녀들에게 지속적으로 있어야 하는 과정이라는 것이다. 우리는 매일 성령으로 채워져야 한다. 우리는 매일 하나님의 성령이 우리 위에 임하시도록 해야 한다. 우리는 매일 주님의 좋은 것으로 맛보아야 한다.

만약 당신이 하나님께 매일 온다면, 당신이 지금 느끼고 있는 좌절감을 느끼지 않을 것이다. 당신의 삶이 들림을 받을 것이고, 당신의 배에서부터 생수의 강이 넘쳐흐를 것이다. 그것은 천국의 극히 작은 일부분이며, 지극히 작은 일부분이어야 한다.

내가 기도하는 것은, 주님이 이 책을 읽는 모든 사람들에게 천국이 임하게 하시는 것이다. 천국이 임하고 영광이 모든 사람들을 채우게 하소서, 라는 찬양의 가사처럼 말이다.

기름 부음의 오용

하나님의 위대한 남녀 종들의 삶을 공부하면서 가장 신경이 쓰였던 부분은 그들 중 많은 사람이 그들의 개인적인 삶에 있어서 엄청난 값을 치렀다는 것이었다. 많은 분들은 주님의 부르심에 복종할 때 자녀들 주변에 전혀 있어 주지 못하여 그들을 잃게 되었다. 또는 평생 동안 함께 해야 할 관계 가운데 견고한 기초를 세울 시간을 갖지 못하여 그들의 결혼이 파탄에 이르게 되었다.

나는 기도하면서 주님께 말씀드렸다. “주님, 저는 목회 때문에 내 아내나 아이들을 잃을 준비가 되어 있지 않습니다. 주님께서 저들을 책임지라고 저에게 맡기셨습니다. 만약 그 책임이 가정에서 지켜지지 않는다면, 왜 그 책임을 전가해야 합니까?”

당신의 좋은 것이 아닌 하늘의 생각을 가지라

어떤 목사들은 초자연계에 몰입하기 위하여 일상생활의 일들을 등한시 한다. 그들은 누구와도 관계를 갖지 않는다. 나는 자신의 삶에 있어서 솔직하게 대화할 사람이 아무도 없는 사람들을 알고 있다. 그들은 “예”만 하는 사람들에 의해 둘러싸여 있다. “예”만 하는 사람들은 이들이 듣고 싶어 하는 말만 하고 이들 주변에 맴돌면서 이들의 불안정성과 열등감 콤플렉스를 부추긴다.

왜 강한 자가 넘어지는가?

왜 많은 하나님의 위대한 일꾼들이 은총의 세계 밖으로 밀려나가는가? 하나님의 능력을 어떻게 사용하는지 알지 못해서인가? 나는 그들 중 대부분이 사도행전 12장의 헤롯왕과 같이 금과 영광을 만지고는 벌레에게 먹혀버린 것을 알고 있다.

어떤 일들이 사람들을 전락하게 하는가를 보기 위해 우리는 사울, 다윗, 삼손 등 몇 사람의 삶을 보면 금방 알 수 있다. 원수 마귀는 한 개인으로 하여금 하나님 안에서 위대한 일들을 성취하지 못하도록 방해한다. 그들이 그리스도인의 여정과 증인의 삶에서 3가지 함정에 빠지게 함으로써 그들을 무기력하고 비효율적으로 만들어 버린다.

이 세상이나 세상에 있는 것들을 사랑하지 말라 누구든지 세상을 사랑하면 아버지의 사랑이 그 안에 있지 아니하니
이는 세상에 있는 모든 것이 육신의 정욕과 안목의 정욕과 이생의 자랑이니 다 아버지께로 좇아 온 것이 아니요 세상으로부터 온 것이라
이 세상도, 그 정욕도 지나가되 오직 하나님의 뜻을 행하는 자는 영원히 거하느니라

요한일서 2:15-17

●•• 함정 1 : 육신의 정욕

부자와 유명한 사람들의 삶의 스타일

하나님이 선택하신 많은 이들이 돈에 집착하게 되어 기름 부음을 잃어버린다. 그들은 돈을 위해 설교하고, 그들이 하는 목회의 배후에는 목회가 동기가 아니라 돈이 동기가 되어 목회에 관한 일들을 한다.

돈이 사역을 따른다는 것을 인식하는 것은 매우 중요하다. 만약 당신이 사람들의 필요를 채워주면, 그들이 당신의 필요를 채워줄 것이다. 나는 한 설교자를 특별히 아는데, 그는 어느 곳에서 집회를 열면 자신의 책을 파는 것에만 관심이 있다. 그는 자신이 하나님께서 원하시는 일을 하고 있다고 생각하고, 그의 삶에 임한 기름 부음을 비열한 목적에 쓰고 있음을 알지 못한다.

많은 목사들이 특정한 액수의 강사 사례비와 왕복 여비 등을 보장받지 않으면 설교하지 않는다. 이것이 바로 우리의 집회를 위해서는 우리의 자비를 사용하고, 우리 집회를 위해서는 우리가 낸 헌금만을 사용하는 이유이다.

이제 나는 어느 쪽이든 모두에게 잘못된 폐습이 있다는 것을 인정하는 첫 번째 사람이다. 사람들은 목회를 악용하든지 아니며 목회 사역으로 인해 사람들을 이용하든지 한다. 몇 사람의 지나친 행동 때문에 목회하는 모든 사역자들을 사기꾼이라고 부르지 말라.

어떻게 하나님을 위하여 아무 일도 하지 않는 사람들이 항상 어떻게 일들을 해야 하는가를 알고 있다는 것은 매우 놀라운 일이다. 주술로 시작된 목회 사역들이 식인종들처럼 그리스도의 몸 된 교회로 돌아서는 곳도 있다. 그들은 하나님의 종들의 실패를 외면하고 목회 사역을 시작한다.

말씀 이외의 지나친 행위

하나님의 종들은 성경 말씀에 따라 축복을 받아야 한다. 주님은 자신의 종들의 번영을 기뻐하시고 말씀 안에서 수고한 자들은 두 배의 존경을 받을만한 가치가 있다. 그러나 많은 목사들이 자기 자신을 절제하기보다 할리우드 스타와 같이 과시하고 자기 조직체의 제트기로 여행하며 사치생활에 빠진다.

나는 비행기를 필요로 하는 사역에 대해 어떤 문제점을 제시하는 것은 아니다. 그러나 많은 목회 사역 가운데 낭비가 너무 지나치는 경우가 있다. 거대한 양의 우편 주소록과 위기관리 편지 체계를 가지고 있으며, 그리스도의 몸 된 교회를 속여 돈을 갈취하며, 기름 부음을 위한 기름부터 성수(聖水)에 이르기까지 모든 가능한 책략을 사용한다. 나는 개인적으로 그러한 날들은 그리스도의 몸 된 교회에서는 끝났다고 생각한다.

십일조는 각기 지역 교회에 꼭 내야 한다. 그리고 지역 교회들은 선교사나 복음 전도자를 후원하는 데 사용되어야 한다. 이렇게 되면 그리스도의 몸 된 교회에서 발생하는 과도한 낭비는 해결되리라.

어떤 목사들은 '필요를 찾아 채워라'라는 잘못된 방식을 채택하여 그리스도의 몸 된 교회 가운데 거대한 이스라엘을 낳는 결과를 가져온다. 그들은 영원토록 꿈꾸고 창조하는 인간의 능력을 말할 것이다. 그러나 이것이 하나님으로부터 온 것이 아니라는 말은 아니다.

거인들의 충돌

수 년 동안 작은 파이 조각을 가지고 목사들과 복음전도자(부흥 전도자)들 사이에 다툼이 있어 왔다. 대부분 돈과 관련된 것이다. 집회를 마치고 교회를 떠날 때 우리 선교회를 위해서 낸 헌금을 빼돌리고 우리에게 주지 않았다는 것을 알고서 교회를 떠난 것은 한 두 번이 아니다. 그들은 아나니아와 삽비라와 같은 연극을 나에게 한 것이다. 그들은 헌금의 일정 부분을 뒤로 숨기고 나에게는 비용이 많이 들었다고 했다.

복음 전도자와 목사는 전면적인 부흥과 하나님을 위해 하나의 강력한 힘으로 연합하기 보다는 서로 싸우고 있다. 많은 경우 복음 전도자는 헌금을 빼앗겨도 아무 말도 하지 않는다. 아니면, 대형 교회에 가서 자신의 집회를 시작하고, 적어도 소요 경비는 자신이 지불해야 함을 알고 있다. 그러고 나서 소요 경비를 지불하고, 사역을 이끌고 나가는 데에 있어서 초과로 지불해야 할 경비가 있음을 알고 충격을 받는다.

많은 사람들이 복음 전도자들에 대해 비판적이고 그들을 돈이나 끌어 담는 허풍쟁이로 바라본다. 그러나 어떤 경우 그들은 살아남기 위하여 의심스러운 전술에 의지해야만 하는 경우가 있다.

사역 안에서의 경쟁

복음 전도자 대 복음 전도자의 싸움은 천막 부흥 집회로부터 현재까지 계속 되어왔다. '내 천막이 당신 천막보다 더 커'에서부터 '내 TV 사역이 당신 TV 사역보다 더 커'라고 하는 놀이는 매우 흔한 일이다. 긍휼이 아닌 경쟁이 그들 뒤에서 그들을 몰고 가는 힘이다. 제3국가 같은 곳에서의 집회에서는 한 사람 앞에 1달러의 비용으로 치를 수 있다. 거기에는 10만 명 정도의 군중은 보장되어 있다. 당신이 TV에서 그럴듯하게 보이는 것을 알게 되면 그리 나쁘지는 않다.

어떤 교단에서는 기독교 미디어를 조종하는 대리점에게 거래 가격을 주고 우편물 목록을 구할 수 있다. 그들은 백 개의 시장을 당신에게 제공할 것이며, 한 달 안에 당신을 짜서 이십오만 달러를 벌어들이게 할 것이다. 종종 그 결과로 거래자들은 '우리는 혹독한 겨울에 피해를 입었습니다' 또는 '만약 당신이 도와주지 않는다면 우리는 부도가 날 것입니다' 등의 위기 편지를 만들어 당신 앞에 호소할 것이다. 또는 그러한 복음 전도자들은 다른 명목을 세우게 되고, 대중들은 헛되게 헌금을 하게 된다.

복음 전도자들과 목사들은 영적인 질투와 불안전함 때문에 강대상 위에서 서로를 향해 총을 쏘아 맞추고 있다. 결국 그들은 우리가 지금 살아가고 있는, 개가 서로 물어뜯는 세계에서 살아남기 위해 심야 토크쇼에서 경쟁을 하며 싸우는 것이다.

교회를 세상으로 가지고 나가는 대신 우리는 세상을 교회 안으로 끌어 왔다

만약 하나님께서 힘과 영광을 상징하는 의롭지 못한 돈에 대해서 우리를 신뢰하실 수 없어 한다면, 어떻게 진정한 하늘의 부를 우리에게 맡기실 수 있으시겠는가? 사도행전에서 볼 수 있는 하나님의 능력을 오늘날의 교회가 볼 수 없는 것은 놀랄 일도 아니다.

교회는 세속적이고 타협적인 후퇴한 삶의 스타일에 대해 변명하고 있다. 결과적으로 세상이 교회를 길들이는 데에 관여하고 있다는 것이다. 우리가 하고 있는 일 때문에 우리는 세상에게 교정을 받고 있는 것이다. 사랑하는 동지들이여, 이것은 그리스도의 몸 된 교회에 대한 고발인 것이다.

기름 부음은 돈으로 살 수 없다

어떤 이들은 기름 부음을 돈으로 살 수 있다고까지 생각한다. 새 차와 롤렉스시계와 비싼 보석을 통해 하나님의 종을 사서 조정하려는 억만 장자들이 있다. 그들은 하나님의 사람들에게 마치 거머리와 같이 붙어 다닌다. 그들은 하나님의 종을 조정하려는 원수의 계략 중 한 부분이다.

어떤 대가 없이 돈을 주는 대신 그들은 사람들의 인정과 중요한 집회에 자신의 자리를 예약하기 원한다. 그러나 그들은 회개하고 제단 앞으로 나아가야 한다. 그들은 예수님이 필요하다는 것을 깨달아야 한다.

또 다른 문제 그룹은 육적인 생각을 하는 작은 집사 위원회이다. 이들은 교회 화장실에 한 겹 대신 두 겹짜리의 화장지를 사기 위해 돈을 더 써야 하느냐를 결정하기 위해 회의를 갖는다. 그들은 풍족한 돈을 벌면서도, 그들의 목사의 수당을 올려 주는 데에는 방해를 한다. 그들은 오히려 이렇게 기도한다. '주님, 목사님을 겸손하도록 하시고, 우리는 그를 가난하도록 하겠습니다.'

몇몇의 설교자들이 하는 놀이

목회 사역에서도 워싱턴이나 텐 다우닝 거리보다 더한 정치가 이뤄지고 있다. 만약 당신이 어떤 교회에서 설교를 하고자 하면, 다른 교회에서 설교하면 안 된다. 왜냐하면 이 교회 목사는 당신이 가고자 하는 교회의 목사와 다른 의견을 가지고 있기 때문이다. 간단히 말하자면 당신이 어느 곳에서든지 사역을 하려면 온갖 정치 노름을 해야만 한다.

어떤 경우에는 사회적 출세주의자가 되어야 한다. 즉 자신의 마음으로부터의 원칙을 타협함으로서 출세하려고 노력하는 사람이 되어야 한다. 우정은 당신이 그 개인으로부터 무엇을 얻을 수 있느냐 하는 것만을 바탕으로 하여 이루어진다. 만약 친구가 이용 가치가 떨어지면 그는 썩은 사지처럼 잘려 나가고 나병 환자와 같은 취급을 받는다.

함께 뭉쳐진 교회의 그룹은 힘을 나타낸다. 만일 당신이 교회 계급 질서에서 마피아 타입의 일에 가담하여 종교적 공으로 놀지 않는다면, 당신의 목회사역과는 접촉이 끊어질 것이고 열려 있던 문들이 갑자기 닫혀버릴 것이다. 친교를 가졌던 사람들은 갑자기 당신과 아무런 상관이 없는 사람이 될 것이다.

영적인 마피아는 동료 목사들을 치고 소문을 나쁘게 냄으로써 다른 목회자의 삶과 목회를 파괴한다. 그 개인 목사의 사생활에 대한 거짓말을 하고, 그의 교리에 대한 거짓말을 한다. 이런 거짓 증거로 인해 많은 사람들이 전락하게 되며 하나님께서 하시고자 하는 일은 크게 방해된다.

이 모든 것은 질투와 관련이 있다

목회자들과 사역자들 사이에 되어지는 놀이는 '카인과 아벨'의 시나리오와 같다. 하나님께서 다른 사람들보다 이 사람을 받아드리라는 생각은 말도 안 되는 생각이다. 그들은 가능한 모든 방법으로 서로를 파멸시키려 하고 있다.

나는 서로를 파멸시키기 위해 '수단과 방법을 가리지 않고' 모든 술수를 이용하여 싸우는 두 명의 하나님의 기름 부음 받은 종들을 무거운 마음으로 바라보고 있다. 그 교회가 능력을 잃고 기름 부음이 없는 것은 당연한 일이다.

언제부터 하나님께서 복음을 보호하기 위해 한 개인에게 권리를 주어 교회를 감시하는 개가 되어 서로를 물고 뜯고 잡아먹게 하셨는가? 이 모든 것이 복음이라는 이름으로 이루어지고 있다는 것은 매우 놀라운 일이다.

내가 만약 이러한 일을 했다면, 밤에 잠을 이룰 수 없을 것이고, 강대상에 서서 복음을 선포하지 못했을 것이다. 그러한 이들이 하나님 앞에서 청결한 마음으로 기도할 수 있겠는가. 그러한 교회가 예수님과 사랑에 빠지고 서로를 사랑할 수 있는 성령의 부흥을 가질 수 있겠는가.

나는 어떤 타협이나 게임도 하지 않겠다고 다짐했다. 내가 무릎을 꿇고 나의 삶을 지배하시도록 할 분은 단 한 분이다. 그 분의 이름은 예수님이시고, 나의 주님이시며 구원자이시다. 다시 한 번 진정한 마음을 품고 찰스 피니와 스미스 위글스워스의 시대로 돌아가자. 바로 하나님의 능력이 사람들 사이에 나타나시던 그 시대로 말이다.

나아만의 나병이 교회에 들어오다

들어가 그 주인 앞에 서니 엘리사가 이르되 게하시야 네가 어디서 오느냐 하니 대답하되 당신의 종이 아무데도 가지 아니하였나이다 하니라
엘리사가 이르되 한 사람이 수레에서 내려 너를 맞이할 때에 내 마음이 함께 가지 아니하였느냐 지금이 어찌 은을 받으며 옷을 받으며 감람원이나 포도원이나 양이나 소나 남종이나 여종을 받을 때이냐

그러므로 나아만의 나병이 네게 들어 네 자손에게 미쳐 영원토록 이르리라 게하시가 그 앞에서 물러나오매 나병이 발하여 눈같이 되었더라

열왕기하 5:25-27

나아만의 나병이 그리스도의 몸 된 교회 안에 들어왔다. 그들은 왕 중 왕을 예배하는 데에 해야만 할 일을 하지 않고 이 세상의 부를 추구해 왔다.

하나님께서 그의 백성을 축복하지 않으시고 번영시키지 않으시는 것이 아니다. 그와 반대로 하나님은 그의 종들의 번영을 기뻐하신다. 그러나 한 개인이 사람들이 구원받고, 치유되고, 자유케 되기를 보는 것보다 재정적인 이득을 얻고자 하는 마음의 동기로부터 목회를 할 때, 이는 예수 그리스도의 십자가에 대한 치욕인 것이다.

우리 주 예수 그리스도의 은혜를 너희가 알거니와 부요하신 이로서 너희를 위하여 가난하게 되심은 그의 가난함으로 말미암아 너희를 부요하게 하려 하심이라

고린도후서 8:9

주님의 축복을 받게 되는 것과 옆길로 빠져나와 물질적인 축복을 목회 사역의 주목적으로 보는 것은 완전히 다르다.

오십 년 이상을 외국 선교에 일생을 바친 그리스도의 몸 된 교회의 나이가 지긋한 어떤 목사는 왜 오십 년 동안 선교지에서 보여 줄 만한 것이 물질적으로는 아무것도 없느냐고 주님께 물었다.

다른 사람들은 자신을 세워 더 이상 목회 사역을 하지 않고 백만장자로 은퇴할 수 있었다. 주님은 그에게 말씀하셨다. "아들아, 그들은 여기 이 땅에서 상급을 선택했다. 그 반면에 너의 상급은 하늘에서 너를 기다리고 있다."

나는 번영을 믿는다

나는 번영과 하나님의 축복을 믿는다. 나는 그 내용을 설교를 할 뿐만 아니라 축복의 영역에서 살고 있다. 그래서 나는 하나님의 축복에 대해 반대하지 않는다. 나는 육적이고 잘못된 동기를 가진 개인들에 대해서 반대한다. 그 개인들이 목회 사역을 하든지 하지 않든지 하나님의 역사하심을 조종하고 목회 사역을 상품화하는 것이다.

함정 2 : 삶의 교만

교만은 넘어지기 이전에 온다

교만을 통해 전락한 많은 목사들은 처음 시작할 땐 그러하지 않았다. 사역의 시작과 함께 수년을 통과하면서 그들은 어려움과 힘든 시간을 참아 왔다. 그들의 삶에서 인격을 세워 가는 대신 그들은 하나님에 대해 쓰라린 마음을 갖게 되고 또한 하나님의 양 떼에 대해 쓰라린 마음을 갖게 되었다. 많은 목회자들이 삶의 고속도로 위에서 파멸로 끝나 버리고 만다. 이것은 물론 어떤 형태로든 교만이다.

어떤 목사들은 그들의 목적에 도달한다. 그들은 목회 초기 단계에서 어려움을 잘 참아냈기 때문에 이제 그들은 세상적인 것들로 욕망을 채운다. 그들은 스스로 말한다. "나는 이를 받을 만한 가치가 있어. 결국 나는 이 도시에서 가장 큰 교회의 목사야."

어떤 목사들은 그들의 위대한 겸손 때문에 교만하여 진다. 다른 목사들은 자기 교회의 크기 때문에 교만에 빠져있다. 그들은 '내 교회가 네 교회보다 더 커'라는 유치한 놀이를 한다. 어떤 집회를 참석해 보면 그들은 삼천 달러짜리의 옷을 입고 머리를 높이 쳐들고 뽐내며 걸어간다. 그들은 너무나 거대해져서 신분이 낮은 사람들에게 겸손하게 대하지 않는다. 이들 목사들은 신분이 낮은 사람들을 마치 바이러스에 감염되어 기름 부음을 잃어버린 것처럼 대한다.

다른 목사들은 닭과 같은 뇌와 영성을 가진 일반적으로 근육이 단단한 호신술 유단자 같은 보디가드의 보호를 필요로 한다. 시편 23편과 91편은 그들에게 능력을 발휘하지 못한다. 그들이 가지고 있는 보호는 육적인 무장으로부터 오는 것이다.

이런 생각이 당신 안에 있게 하라

교만은 사람으로 하여금 주변을 깨끗하게 보지 못하게 한다. 성경은 "너희 안에 이 마음을 품어라 곧 그리스도 예수의 마음이니… 사람의 모양으로 나타나셨사 자기를 낮추시고 죽기까지 복종하셨으니 곧 십자가에 죽으심이라"(빌 2:5, 8)라고 말씀하신다. 하나님의 말씀은 "내게 주신 은혜로 말미암아 너희 중 각 사람에게 말하노니 마땅히 생각할 그 이상의 생각을 품지 말고 오직 하나님께서 각 사람에게 나눠주신 믿음의 분량대로 지혜롭게 생각하라"(롬 12:3)라고 선포하고 있다. 우리는 자신의 권력이 머리 위까지 올라간 제3국의 독재자와 같이 생각해서는 안 된다.

어떤 목사들은 자신이 받은 교육을 통해 교만이 틈타기도 한다. 그들의 교육 수준이 높으면 높을수록 그리스도의 몸 된 교회로부터 멀리 떨어져 나간다. 그들은 자신도 이해하기에 힘든 복음을 전하는 머리만 있는 목사에 불과하다.

교만은 한 개인이 자신의 삶을 통해 하나님께서 행하고자 하시는 일에 대해 자신이 책임을 져야 한다고 생각하는 틈을 타서 들어온다. 그는 자신이 일을 한다고 생각하기 때문에 영광을 자기가 취하려 한다.

교만은 루시퍼의 전락을 초래했다. 루시퍼는 말했다. "내가 하늘에 올라 하나님의 뭇별 위에 나의 보좌를 높이리라"(사 14:13). 원죄가 그리스도의 몸 된 교회에게 아직도 문제를 일으키고 있다는 것은 매우 흥미로운 일이다.

함정 2 : 안목의 정욕

우리는 이 범주 아래 많은 다른 것들에 초점을 맞출 수 있다. 그러나 여기서 다루고자 하는 것은 원수 마귀가 목회 사역을 파괴하는데 효율적으로 사용하는 분야를 다루고자 한다. 그것은 하나님의 위대한 사람들의 결혼의 파탄이다. 남자들은 간통이나 성적인 변덕에 빠지게 되는 것이다.

많은 사람들이 어떤 사람이 자신의 연약함을 말함으로써 하나님을 위해 행한 모든 선한 것들을 부인하는지 궁금해 할 것이다. 우리 모두는 잠재된 연약함이 있음을 알아야만 한다. 성경은 엘리야도 우리와 성정이 같은 사람이라고 말하고 있다(약 5:17). 하나님께서 한 개인을 사용하신다 하여, 그가 튼튼한 기초를 세우지 않아도 덫에 걸리지 않을 것이라는 것은 아니다.

우리는 예수님만이 전부라는 것을 인식하지 않고 사람을 받들어 모시려는 성격이 있다. 서방 세계 특히 미국은 슈퍼스타, 즉 영적인 영웅을 원한다. 그런데 사람들은 그런 사람들이 넘어지는 것을 보고 그들이 진흙 위에 서 있었음을 알았을 때 황당해 한다.

튼튼한 결혼생활은 튼튼한 사역을 말한다

남자가 혼자 사는 것이 좋지 아니하여 하나님께서 여자를 만들어 돕는 배필로 삼고 남자와 함께 있게 했다(창 2:18). 많은 목사들이 자신의 부인과 견고한 관계를 세우기보다는 단순한 관계로 존재하게 한다. 그들은 행복하지 않은 결혼생활을 하고 대부분 일반적으로 처음부터 실수하였다고 생각한다.

당신의 부인이나 남편이 당신의 제일 친한 친구가 될 수 있도록 노력해야 한다. 나는 나의 부인으로 인하여 하나님께 매일 감사를 드린다. 그녀는 나의 최고로 좋은 친구요, 다른 어떤 부인도 할 수 없는 것을 나를 위해 할 수 있다. 나는 이 지구의 표면에서 어떤 다른 사람보다도 그녀와 함께 있기를 원한다.

오늘날 교회에서 결혼생활에 관한 의무를 소홀히 다루는 경향이 있다. 아주 작은 압력만 생겨도 사람들은 서로 헤어져서 "글쎄, 잘 되지 않는 것 같아요"라고 말한다.

결혼은 고결하고 침상은 순결한 것이다

어떤 경우에, 목사들의 부인들은 성관계에 있어서 청교도적인 태도를 가지고 있다. 그들 중 대부분은 성관계는 더러운 것이라고 생각하고 자라왔다. 때문에 성관계는 영적이 아니며, 결혼생활에 있어서 성관계를 가지면서 삶의 기름 부음을 지탱해 나가는 것은 불가능하다고 생각한다. 그들은 성생활을 무시해 버린 나머지 마침내 시간이 너무 늦어 버린 것을 알게 되나 그 때는 이미 그 누군가가 다른 사람이 자신의 자리를 빼앗아갔음을 알게 된다. 그들은 왜 사단이 그들의 결혼생활을 망쳐 놓았는지 원망하나, 이는 그 자신의 무시로 인하여 죽은 것이지 사단과는 아무런 관계가 없다.

꽃 한 다발과 촛불 밝힌 저녁 식사, 그리고 남은 삶을 위해 서로에게 헌신하는 두 연인들(결혼한 사람들) 사이의 열정의 밤보다 더 영적인 결혼생활은 없다.

형제들이여, 당신의 결혼생활에서 당신이 할 수 있는 가장 영적인 행동은 당신의 아내를 돌봐주는 것이다. 이는 자매들도 마찬가지이다. 당신의 남편을 돌보라. 만약 당신이 돌보지 않는다면 다른 누군가가 그리할 것이다.

기름 부음을 유지하는 방법

휴식의 중요함

어떤 사람들은 이렇게 물을 수 있다. "한 개인이 기름 부음을 받고 자신의 삶을 즐길 수 있습니까?" 나는 그럴 수 있다고 대답한다. 우리는 계속 일만하고 놀지 않으면 무딘 사람이 되게 한다는 말을 들어본 적이 있다. 휴식과 레크리에이션(노는 것)은 중요하다. 예수님께서 제자들에게 말씀하셨다. "너희는 한적한 곳에 가서 잠깐 쉬어라"(막 6:31).

어떤 목사들은 자신이 취미나 운동을 즐기지 않는다고 자랑을 한다. 그러나 그들은 어떤 모텔에서 취미를 즐기다 붙잡혀 자신의 모든 목회의 값을 치르기도 한다. 어떤 이들은 휴가도 없이 일만 계속한다. 결국 그들은 정신적으로 육체적으로 지쳐버리고 원수 마귀가 공격할 수 있는 문을 연다.

휴식과 레크리에이션은 매우 중요하다. 휴식과 레크리에이션이 특별히 일 년에 평균 450회 이상의 집회를 가지면서 계속 길을 달리는 우리들에게는 더욱 필요하다. 우리는 한 해의 중간 지점에서 휴식을 취한다. 그리고 12월에 휴식을 취하며, 아이들과 놀며 시간을 함께 보낸다. 가능하다면 집회장소 근처에는 가지도 않는다. 새해가 시작되면 호랑이와 같은 눈으로 돌아온다.

실질적으로 한 번의 긴 휴식을 갖는 것보다 짧은 휴식을 여러 번 갖는 것이 좋다. 그렇게 함으로써 마음을 새롭게 할 수 있다. 피곤한 마음과 몸은 성령께서 역사하실 수 있는 복종된 그릇이 되지 못한다. 주님 안에서 휴식하는 것을 배우는 것, 육적으로 애를 쓰면서 일을 하는 것을 그만 두는 것을 배우는 것은 나를 돕는 것이었다.

내가 믿지 않는 탈진(탈진이 일어나지 않기 때문이 아니다)에 대한 가르침이 있다. 내가 믿는 것은, 만일 당신이 하나님께 순종하고 주님께서 원하는 일을 한다면 주님께서 당신을 지탱시켜 주실 것이라는 것이다. 탈진은 육적인 목회 사역을 통해 오는 것인데, 일반적으로 이스라엘을 낳게 한다.

새롭게 되는 날

유쾌하게 되는 날이 주 앞으로부터 이를 것이요

사도행전 3:19b

하나님의 백성들의 마음에는 여러 번 묻게 되는 기름 부음에 관한 한 가지 질문이 있다. 그들은 말한다. "부흥회를 가서 기름 부음을 받는 것은 매우 좋은 일이에요. 하나님의 임재하심을 체험하는 것은 놀라운 일이에요. 그러나 내 삶을 통해 어떻게 기름 부음을 유지하지요?"

너무 많은 사람들이 기름 부음을 유지하는 것은 불가능하다고 생각한다. 그들은 "당신은 내 삶의 환경에 대해 알지 못해요."라고 말한다. "만약 당신이 내 남편을 안다면 내가 항상 하나님의 기름 부음을 유지할 수 없음을 알게 될 것이에요. 로드니 형제, 당신은 내 아내를 몰라요. 내 장모님이 저희 집으로 이사해 오셨어요. 우리가 어떠한 환경에서 살고 있는지 상상도 못할 거예요. 만약 당신이 내 차를 보았다면 내가 운전을 하면서 하나님의 기름 부음을 받을 수가 없다는 것을 알게 될 거예요."

사람들마다 자신의 삶에서 부딪쳐야 할 거인이 있다. 무엇인가가 그들에게 매일 있다. 소리를 지른다. 그것이 그들의 삶에 임한 하나님의 축복을 그들에게서 도적질해 가려 한다. 그러나 이 거인을 이길 수 있다.

오래 참음의 열매

거인과 문제와 겪게 되는 삶의 시련이 있음에도 불구하고 그것들과는 상관없이 우리는 지속적이어야 한다. 성령의 열매 중 하나는 오래 참음이다. 이는 항상 동일하게 지속적인 것을 말한다.

많은 그리스도인들이 하루는 올라갔다, 하루는 내려갔다 한다. 그들은 요요 그리스도인들이다. 하루는 기분이 좋고 황홀하다. 그러나 그 다음 날은 엉망이다. 그들이 어디로 가고 있는지 예측할 수 없다.

성경에 '예수 그리스도는 어제나 오늘이나 영원토록 동일하시니라'(히 13:8)고 말씀하시는 것처럼 하나님께서는 언제나 동일하시다. 하나님께서는 아침에 일어나셔서 의기소침하지 않으신다. 하나님께서는 뒷짐을 지시고 보좌 주위를 돌아다니시며, "오, 이 관절염이 나를 죽이는군. 내 지팡이는 어디로 간 거야?" 그리고 주변을 둘러보시고는, "우리가 지금 뭘 하는 거지? 예수는 폐렴에 걸렸고, 천사들의 삼분의 일은 홍콩 감기에 걸렸고, 나는 이 방의 값을 치르기 위해 진주로 장식된 문을 저당 잡혀야 하잖아."라고 하시는가. 아니다, 하나님께서는 이런 식으로 하지 않으신다. 그리고 우리도 그런 식으로 해서는 안 된다.

당신의 환경을 지배하라

아직도 우리는 이 땅 위에 살고 있다. 우리는 우리의 환경에 종속되어 있으며, 가끔은 우리가 그 환경을 어찌할 수 없는 듯 보인다. 그러나 모든 환경이 우리의 지배 밖에 있는 것은 아니다. 우리는 환경을 지배하는 권세를 행사할 수 있다. 주님께서 우리에게 가르쳐 주고자 하시는 것은, 우리가 하나님 안에서 지속해서 기름 부음을 받고, 기름 부음을 받아 살고, 결혼을 하고, 아이들을 가지며, 비즈니스를 경영하는 장소에 갈 필요가 있다는 것이다.

어떠한 사람들은 하나님으로부터 기름 부음을 받고 결혼을 할 수 없다고 말한다. 사람들은 만일 하나님께서 당신을 사용하시려 한다면, 아내와 아이들을 가질 수 없다고 생각한다. 그러나 결혼도, 아이들도 하나님께서 정하신 것이다. 당신은 세 명, 다섯 명, 또는 열 명의 아이들을 갖고도 계속해서 기름 부음을 받을 수 있다. 열 명의 아이들을 가지고 기름 부음을 받는 것이 훨씬 낫다! 당신은 기름 부음을 받을 수 있고 하나님의 임재하심 안에서 걸어 다닐 수 있다. 이는 매일 당신이 선택하는 것이다.

해야 할 두 가지 선택

침대에서 일어났을 때 당신은 두 가지 선택을 할 수 있다. 오늘 하나님의 임재 안에서 걸어갈 것인가, 아니면 육적인 것을 따를 것인가. 환경과 맞부딪힐 때나, 누군가가 당신을 짜증나게 하거나, 화나게 할 때마다 당신은 이렇게 말할 수 있다. “나는 육적으로 반응하거나 성령 안에서 행동할 것이다.”

당신은 기름 부음을 받고도 당신 자신이 될 수 있다. 사람들은 만일 당신이 기름 부음을 받으면 구름 위를 걸으며, 하프를 연주하며, 천사들로 사방에 둘러싸여, 너무나 기름 부음이 강해 화장실도 안 갈 것이라고 생각한다. 당신은 하늘에 떠다니며 기적은 여기저기서 일어난다. 당신이 그저 지나가기만 해도 사람들은 휠체어에서 일어난다. 이러한 것이 아니다.

모두가 거인과 맞부딪친다

스미스 위글스워스가 6년 동안 신장 결석을 가지고 있었던 것을 아는가? 그의 집회에서는 강력한 기적과 표적과 기사가 일어났다. 그러나 가끔은 예배 중간에 강단에서 일어나 화장실로 뛰어가야 했다. 다른 이들에 따르면 그는 6년 동안 156개의 신장결석을 치료해야 했다고 한다.

심한 고통으로 그는 호텔 방에 누워 땅바닥에서 굴러야 했다. 그러고 나서 일어나 집회에 가야 했다. 사람들은 기적적을 치유를 받았으나 그 자신은 엄청난 아픔으로 삶의 고난을 이겨내야 했다. 그럼에도 불구하고 그는 하나님의 기름 부음을 받았다.

그러한 고난에서 대부분의 사람들은 옆으로 벗어났을 것이다. ‘오늘은 기분이 어떠세요?’, ‘오, 내 배가 아직도 아픈데요.’, ‘좋아요, 나가서 죽은 사람들을 살려라. 나가서 사람들을 치유하라. 자기 자

신에게서 눈을 떼고 자신의 감정에 대해서는 잊어 버려라'

너무 힘들고 빠르게 뛰어 왔기 때문에, 그리고 새벽 두세 시까지 일했기 때문에 목회를 하고 싶지 않을 때도 있다. 침대에서 내려와 예배로 기어 들어가는 일을 하고 싶지 않을 때도 있다. 나는 어떠한 장소에서 죽은 사람들을 보며 그들을 다시 살리기 위해 노력하고 싶지 않을 때도 있다.

품질 좋은 결정이 필요하다

당신이 결정을 한다. 당신이 아침에 일어나서, 침대에서 내려와 결정을 해야 하는 때가 있다. '나는 오늘 하나님의 기름 부음 안에서 걸어갈 것이다. 이 날은 주께서 지으신 날이다. 나는 기뻐하며 이 날 안에서 만족할 것이다.'

우리는 모든 종류의 도전에 직면할 것이다. 우리는 예수의 이름으로 모든 종류의 장애물과 대할 것이다. 우리는 그 장애물에 정면으로 맞설 것이다. 우리는 하나님의 기름 부음으로 맞설 것이고, 기름 부음 안에 거할 것이다. 이것은 당신이 해야 할 결정이다. 뒤로 넘어져 죽은 사람처럼 하고 있을 수도 있고, 예수의 이름으로 일어나 사단에게 떠나가라고 명령할 수도 있다.

사람들은 "어떻게 하면 기름 부음의 가운데 거할 수 있습니까?" 하고 묻는다. 당신은 할 수 있다. 하나님께서는 주님의 말씀을 통해 기름 부음의 최선두에 거할 수 있는 방법들을 말씀해 주셨다. 우리는 예리하고 조율에 맞추어진 상태로 거할 수 있다.

만약 좌절에 빠져 아무 것도 하지 않고 TV만 보고 있다면 당신은 기름 부음 가운데 거할 수 없다. 그저 이틀 동안 숨어버리는 것은 어려운 상황을 지혜롭게 대처하는 방법이 아니다. 당신이 돌아왔을 때 상황은 더욱 악화되어 있을 것이다. 가장 지혜롭게 대처하는 방법은 이와 마주쳐서 "우리가 이 상황을 변화시킬 것이다. 우리가 이 환경을 변화시킬 것이다"라고 선포하는 것이다.

회개의 기도

우리가 기름 부음을 받기 원할 때 해야 할 한 가지는 회개이다. 회개하라. 그 어떠한 것보다도 하나님의 자녀들이 할 수 있어야 하는 것이 회개이다. 하나님께서는 "만일 우리가 우리 죄를 자백하면 저는 미쁘시고 의로우사 우리 죄를 사하시며 모든 불의에서 우리를 깨끗이 하실 것이요"(요일 1:9)라고 말씀하신다.

이 구절은 죄인들을 향하여 쓰여진 말이 아닌 것을 알고 있는가? 몇몇 복음 전도자들이 죄인들에게 "만일 당신이 당신의 죄를 자백하면 그는 미쁘시고 의로우사 우리 죄를 사하실 것입니다."라고 말하는 것을 듣고 있다. 이 구절은 죄인들을 위하여 쓰여 진 말이 아니다. 무엇보다도 만약 사십년 동안 구원을 받지 못한 죄인이 와서 회개를 한다면, 그는 사십년 동안 회개를 해야 할 것이다. 회개할 죄가 매우 많을 것이다.

이 구절은 거듭난 신자들을 위해 쓰여 진 것이다. 요한일서는 교회를 향해 쓰여 진 것이다. 만약 우리가 우리 죄를 자백하면 그는 미쁘시고 의로우사 우리 죄를 사하시며 우리를 모든 불의에서 깨끗하게 하실 것이다. 이는 모든 종류의 죄를 덮게 될 것이다. 태만의 죄와 자신이 범한 죄, 그리고 당신이 알고 있는 죄와 알지 못하는 죄 모두를 덮게 될 것이다.

때때로 당신은 자신이 그랬다고 생각하지도 못하고 다른 이들을 화나게 할 수도 있다. 그러나 당신이 회개한다면 하나님께서는 당신을 용서하시고, 씻기시고, 깨끗하게 하실 것이다. 바로 이러한 이유 때문에 다른 이들을 비난하며 돌아다니지 않는 것이 좋은 것이다. 그들은 회개하면서 걸어 다닐 수 있다. 당신이 회개하는 그들을 비난하는 동안에 당신은 예수님의 보혈을 비난하는 것이 된다. 성경은 회개라고 말한다. 만일 우리가 하나님의 기름 부음을 원한다면 우리는 회개해야 한다.

자신을 속이지 마라

가끔 사람들은 하나님의 눈을 가리려고 한다. 그들은 불의 가운데 걸어간다. 그들은 다툼 가운데 걸어간다. 그들은 쓰라림 가운데 걸어간다. 그들은 교만 가운데 걸어가며 교회에 와서 앉아 하나님의 축복을 바란다. 그들은 하나님의 기름 부음을 원한다. 그러나 주님은 그런 경우에 기름을 부으시지 않으실 것이다. 하나님은 죄와 육에게 기름을 부으시지 않을 것이다. 하나님께서는 거짓말하는 작은 악마에게 기름 부으시지 않을 것이다.

당신이 몇몇 목사들을 보면 왜 하나님께서 그들의 교회에서 전혀 하나님의 역사를 보지 못하는가를 알게 될 것이다. 그들은 말은 하나 그들이 하는 말을 전혀 성취하지 않는다. 솔직히 말하자면 그들이 말하는 모든 것이 정치에 관한 것이다.

하나님은 온전하지 않은 마음에 기름 부으시지 않을 것이다. 하나님은 정결하지 않은 마음에 기름 부으실 수 없다. 하나님께서는 이면의 동기가 있는 마음에 기름 부으실 수 없다. 하나님은 베드로에게 "이 권능을 내게도 주소서"라고 말했던 마술사 시몬과 같은 자에게 기름을 부으실 수 없다. 그는 기름 부음을 돈으로 사기를 원했다.

베드로는 말했다. "네가 하나님의 선물을 돈 주고 살 줄로 생각하였으니 네 은과 네가 함께 망할지어다. 하나님 앞에서 네 마음이 바르지 못하니 이 도에는 네가 관계도 없고 분깃 될 것도 없느니라" (행 8:20-21).

하나님께서는 진실한 곳에 기름 부으신다

하나님은 마술사 시몬에게 기름을 부으려 하지 않으셨다. 이제 당신은 왜 교회가 죽었는지를 인식할 것이다. 하나님은 거짓 위에 기름 부으실 수 없다. 당신은 생각할 것이다. 만일 목사가 온전하지 못하다면 하나님은 불쌍한 회중들에게 긍휼을 베푸실 것이다. 그들에게는 기회도 없었으니까.

안수 사역

그러므로 우리가 그리스도의 도의 초보를 버리고 죽은 행실을 회개함과 하나님께 대한 신앙과 세례들과 안수와 죽은 자의 부활과 영원한 심판에 관한 교훈의 터를 다시 닦지 말고 완전한 데 나아갈지니라

히브리서 6:1, 2

안수하는 것은 그리스도의 원칙 중 하나이다. 만일 우리가 성경적인 결과 보려면 우리는 성경적인 원칙을 따라야만 한다.

또 이르시되 너희는 온 천하에 다니며 만민에게 복음을 전파하라
믿고 세례를 받는 사람은 구원을 얻을 것이요
믿지 않는 사람은 정죄를 받으리라
믿는 자들에게는 이런 표적이 따르리니 곧 그들이 내 이름으로
귀신을 쫓아내며 새 방언을 말하며
뱀을 집어 올리며 무슨 독을 마실지라도 해를 받지 아니하며
병든 사람에게 손을 얹은즉 나으리라 하시더라
주 예수께서 말씀을 마치신 후에 하늘로 올려지사 하나님 우편에 앉으시니라
제자들이 나가 두루 전파할새 주께서 함께 역사하사
그 따르는 표적으로 말씀을 확실히 증언하시니라

마가복음 16:15-20

만약 예수님께서 만족하신다면 나도 만족한다

예수님의 사역을 보면 예수님은 안수하시며 사역하셨다. 안수는 예수 그리스도의 교리의 원칙 중 하나였다. 내가 이것을 가르칠 때마다 내 마음 속으로 이것이 얼마나 특별한 것인가 깨닫게 된다. 우리가 다른 사람에게 안수할 때 하는 일은 매우 거룩한 일이다. 이는 가볍게 여길 종류의 것이 아니다. 내가 믿기로는, 교회에서 형식적으로 안수하는 일로 인해 하나님의 성령은 매우 슬퍼하셨을 것이다.

안수는 그저 상징적인 것이 아니라 실질적인 기름 부음의 전이가 이루어진다. 성경을 읽을 때 나는 실화를 보게 되었다. 나는 예수님께서 사람들을 만지셨을 때 어떤 일들이 일어난 것을 보기 시작했다. 혈루병 걸린 여인이 와서 예수님의 옷자락을 만졌을 때 능력이 예수님으로부터 그녀에게로 흘러갔고 그녀는 고침을 받았다. 실질적인 전이(접목)가 있었던 것이다.

구약성경에서도 믿음의 조상들이 자녀들에게 안수함으로써 그들을 축복했다. 그들은 믿음의 은사로 말을 했으며, 자녀들에게 축복을 전달했다. 이 축복은 그들 자녀들의 삶 위에 일생 동안 머물렀다. 그 축복은 그들이 아버지가 말한 것처럼 이루어졌다.

속죄양을 잡을 때도 그들은 속죄양에게 안수를 했다. 이스라엘 자녀들의 죄들이 그 양에게 전임되었고 그들을 방목했다. 나는 안수할 때 안수와 함께 능력이 전이(impartation) 되는 것을 보기 시작했다.

텅 빈 머리에 텅 빈 손

한 가지 내가 조심스럽게 생각하고, 또한 사람들에게 말하기 원하는 것은 당신은 언제나 안수할 수 있다. 그러나 만약 당신이 줄 것이 아무 것도 없다면 무슨 일이 일어나겠는가? 만약 당신이 텅 빈 손뿐이라면 무엇을 하겠는가? 당신은 다만 텅 빈 머리에 텅 빈 손만을 얹고 있는 것이다. 우리는 우리의 손이 가득 차 있기를 원한다.

성경은 "우리가 이 보배를 질그릇에 가졌으니"(고후 4:7a)라고 말씀하신다. 같은 증거로, 하나님의 기름 부음이 건물 안에 있을 수 있다. 그 기름 부음은 만져볼 수 있다. 그러나 그 기름 부음을 요구하는 사람이 아무도 없기 때문에 아무런 일도 일어나지 않는다.

혈루병을 앓고 있는 여인의 시대에는 다른 많은 병자들이 있었음에 틀림없다. 그러나 그 날 고침을 받은 사람은 그 여인 한 명뿐이었다. 많은 사람들이 예수님을 만졌으나 그녀만이 믿음으로 주님을 만졌다. 그녀가 주님을 만졌을 때 그녀는 온전케 되었다. 그녀는 예수님의 사역의 기름 부음에 자신의 필요를 두었던 것이다. 능력이 예수로부터 흘러 나와 그녀에게 흘러간 것이다.

자신의 필요를 기름 부음에 두어야 한다

우리가 안수를 받을 때, 우리는 무엇인가가 일어나기를 기대한다. 만약 어떠한 일이 일어나기를 기대하지 않는다면 기도를 받으러 나와 줄에 서지 말라. 무슨 일이 일어나는지 알지도 못하는 사람들이 줄에 서기도 한다. 그들은 안수의 사역 뒤에 있는 원칙을 알지 못한다.

당신이 믿음으로 안수할 수 있다는 것을 나는 믿는다. 모든 신자들은 믿음으로 기도할 수 있다. 그러나 안수 사역이 있다 모든 신자들은 사람들을 위해 기도할 수 있다. 모든 신자들은 누군가에게나 안수할 수 있으며, 믿음의 기도를 할 수 있으며, 하나님께서 위대한 일을 하신다는 것을 믿을 수 있다. 그러나 하나님의 사람이 주님으로부터 무엇인가를 받을 때 전이의 안수 사역이 있다.

바울은 주님으로부터 무엇인가를 받았다. 그는 디모데에게 편지를 써서 이렇게 말했다. "네 속에 있는 은사 곧 장로의 회에서 안수받을 때에 예언을 통하여 받은 것을 가볍게 여기지 말며"(딤전 4:14). 은사는 안수함으로 주어졌다.

나는 하나님의 기름 부음 받은 사람들 아래 앉아서 이렇게 말한 적이 있다. "저에게 안수해 주세요. 그 기름 부음이 저에게 임하게 하여 주세요. 나는 기름 부음을 원합니다." 나는 내 생애에 변화가 일어나는 것을 보았다.

나는 임파테이션(impartation)을 보았다. 그 기름 부음으로 새로운 담대함이 내게 임하고 또는 나를 다른 영역으로 흐르게 할 수도 있다.

아무에게나 안수를 받지 말라

누가 당신에게 안수하는가에 대해서는 매우 조심해야 한다. 당신이 누구의 사역 아래 앉아 있는가에 대해서도 조심해야 한다. 그 기름 부음이 당신에게 임하는 것이다. 기름 부음의 전이가 있다. 그렇기 때문에 나는 집회 도중에 아무나 와서 사람들에게 안수하는 것을 허락하지 않는 것이다.

실제로 어떤 집회에서 어떤 한 사람이 회중 가운데 걸어 다니며 사람들에게 안수하기 시작했다. 나는 그에게 "앉으세요!", "제가 안수 할 것입니다.", "앉으세요!" 하고 말했다.

나는 지독한 사람이 되려는 것이 아니다. 그러나 만일 그들이 자기 자신의 집회를 갖기 원한다면 가서 그들 자신의 강당을 사용하라. 그 땐 사람들은 와서 자신들이 하고 싶은 것들을 해도 상관없다.

어떤 사람 위에 안수하는 것은 그 사람을 위해 그저 기도하는 것 이상이다. 거기에는 기름 부음의 전이가 있다. 우리는 어느 것이 성령이 행하시는 일인지 아는데 조심할 필요가 있다. 하나님의 영으로 분별해야 한다. 우리는 우리의 자연적인 인간의 이성으로 분별할 수 없다. 우리는 하나님의 영으로 분별해야 하는 것이다.

임파테이션(전이)의 사역이 있다

전이(impartation)의 사역이 있다. 안수의 사역이 있다. 목사가 누구인지, 그리고 얼마나 기름 부음을 받았는지는 아무런 관계가 없다. 만일 나사렛 예수 그리스도께서 그 곳에 서 계셔서 사람들에게 안수하려 해도 진실로 아무런 관계가 없다. 만일 당신이 받고자 하는 믿음이 없이 온다면 당신은 아무 것도 받지 못한다. 당신이 받고 싶어 하는 믿음의 분량이 당신에게 전이될 분량이며 또한 그 분량을 전이 받을 것이다.

만약 당신이 아무것도 기대하지 않고 온다면 당신은 아무것도 없이 떠나게 될 것이다. 만약 당신이 아픈 몸을 끌고 왔을 때 안수를 받으나 진실로 치유를 기대하지 않는다면 치유 받을 수 없다. 만약 당신이 의사가 당신을 죽는다고 포기한 병에 걸려 마지막 희망으로 왔다고 하더라도 당신이 어떤 일이 벌어질 것을 진정으로 기대하지 않는다면 당신은 죽게 될 것이다. 그러면 사람들은 뻔뻔스럽게도 이렇게 말한다. "봤지? 치유를 받지 못했어. 저 사람은 치유 받기 위해 와서 기도를 받았으나, 돌아가서 죽었어요."

당신에게 들려줄 새로운 소식이 있다. 그는 어차피 죽게 되어 있다. 그는 하나님을 믿지 않았고, 하나님을 신뢰하지도 않았다.

우리는 치유의 줄에 선 사람을 위해 항상 기도한다. 우리는 일주일에 6일 동안 두 번씩 사람들을 위해 기도한다. 그렇게 자주 사람들에게 안수를 하면 기름 부음을 느낄 수 있다. 어떤 사람에게 안수를 하는 순간, 그 사람에게 즉시 기름 부음이 흘러 들어갔다가 즉시 그들로부터 나오는 것을 느낄 수 있다. 그러나 기름 부음은 조금도 그에게 임하지 않는다. 믿지 않는 이에게서는 기름 부음이 그대로 튕겨 나오는 것이다. 이는 마치 냉장고에게 안수하는 것과 같다. 또는 자동차의 문짝에다 대고 안수하는 것과 같다.

마치 마네킹에다 대고 안수하는 것과 같다. 당신은 그 마네킹의 눈에 불이 켜져 있는 것을 볼 수 있으나 거기에는 아무도 없다. 기름 부음을 바라는 아무런 요구도 없다. 어떤 사람들은 당신이 손을 대지도 않았는데도 즉각적으로 기름 부음을 받는다. 당신은 십 분이나 십오 분 동안 손을 계속해서 얹고 기도함으로써 그들로 하여금 자연의 영역에서 영계의 영역으로 뚫고 들어갈 수 있도록 해야 한다.

어떤 사람은 창조 때 주님께서 아담에게 하셨던 것과 같이 약 세 시간 동안 손을 얹고 기도하여 하나님께서 생기를 불어 넣으셔서 그 영혼이 살 수 있도록 해야 한다. 하나님은 하나님의 생기를 아담에게 불어 넣으셨다. 어떤 사람들은 하나님의 생기를 불어 넣어 주어야 한다.

왜 사람들이 하나님으로부터 만지심을 받지 못할까?

다른 사역들은 다른 일에 대해 분명히 괴로워한다. 그러나 치유 사역을 하는 사람들은 예배에 참석했다가 치유를 받지 못하고 떠나는 사람들로 인해 괴로워한다. 나는 이 일에 대한 것을 치유 사역을 하는 사람들에게 말했다. 만약 당신이 치유 사역을 하고 있다면, 휠체어를 타고 왔다가 휠체어를 타고 떠나거나, 아픈 몸으로 왔던 사람이 그대로 떠나게 될 때 괴로워한다.

나를 신경 쓰이게 했던 것은 집회에 왔던 사람들이 성령의 만지심을 받지 못하고 떠날 때였다. 하나님의 성령의 강한 역사하심 가운데서도 그들은 만지심을 받지 못하고 떠난다. 나는 그것을 이해할 수 없었다. 집회가 끝나고 집으로 가며, 또는 호텔 방으로 돌아가며 말했다. “하나님 이해할 수가 없습니다. 왜 저 불쌍한 사람들이 만지심을 받지 못했을까요? 왜 그들은 주님의 임재하심을 느끼기조차 못할까요?”

우리의 집회에서 하나님의 기름 부음은 그 장소의 어느 곳에나 있다. 때때로 기름 부음이 너무 강하여 나는 서 있기조차 힘들고, 어떤 때는 말조차 하기도 힘들다. 집회에서 다른 사람들은 하나님의 능력으로 얻어맞게 된다. 그러나 사람들은 그저 자리에 앉아 주변을 돌아보며 기름 부음을 느끼지 못한다.

“주님 여기에서 무슨 일이 벌어지고 있는 것이지요? 무슨 일이 일어나고 있는 거예요?” 주님께서 내게 말씀하셨다. “어떤 이들은 오기는 하나 아무 것도 받지 못하고 떠나는 이유는 99.99퍼센트의 그들의 생각이 나와 멀기 때문이다. 그들의 마음이 나와 멀리 떨어져 있다.” 주일날 교회에 참석함에도 불구하고, 그리고 당나귀를 질식시킬 수 있을 수 있을 만큼 큰 성경을 들고 다녀도 그들은 교회의 의자에 앉아만 있는 것이다. 그들은 그저 일주일에 한 번씩 드라이 클리닝 예배에 참석하고 나면 끝나는 것이다. 그것뿐이다.

더 높은 영역에서의 삶

그들은 자신의 옛적 생활로 되돌아간다. 투쟁의 생활로 되돌아간다. TV에 빠진 생활로 되돌아간다. 육적인 삶과 하나님으로부터 멀어진 생각의 삶 속으로 되돌아간다. 바로 이러한 이유 때문에 성령이 역사하시는 예배를 찾아보기 힘들고 성령 안으로 들어가는 것이 힘든 것이다. 육은 성령 안으로 들어갈 수 없다. 육은 하나님께서 예비하신 곳으로 들어갈 수 없다.

당신의 삶에는 도약이 필요하다. 하나님께서 당신을 이전의 육적인 삶에서부터 빼내어 성령 안에서 걸어가는 삶을 주실 것이다.

안수의 사역이 있다. 하나님의 말씀을 통해 예수님께서 어린 아이들을 축복하신 모습을 찾아볼 수 있다. 주님께서는 주님의 손을 그들에게 얹음으로 아이들에게 축복을 전달(전이)하셨다(마 19:13-15). 주0님은 병자들에게 손을 얹고 기도하셨고, 그들을 치유하셨다(눅 4:40).

또한 목회를 위해 임명하거나 기름을 부을 때, 그리고 목회를 위해 구별시킬 때 안수를 한다. 어떤 일이 진실로 일어나는가? 당신의 손을 그들의 머리 위에 얹을 때, 하나님의 영으로 인하여 당신 안에 있던 하나님의 생명이 당신으로부터 그 사람에게로 흘러간다. 여기에는 거짓이 없다. 당신은 그저 하는 것이다. 때때로 예수님은 기도도 하지 아니하시고 그저 사람들에게 손을 대기만 하셨다. 당신은 병원 침대에 누워 암으로 죽어가는 사람에게 가서, 그들에게 손을 얹고, 당신으로부터 하나님의 생명이 흘러가게 할 수 있다.

전이(轉移)가 있다

안수의 결과로 많은 이들이 치유를 받고 그들을 괴롭히던 악한 영들과 고통을 주던 귀신들은 떠나가게 될 것이다. 전이가 존재한다. 기름 부음은 있든 없든 둘 중 하나다. 만약 기름 부음이 없다면 집으로 돌아가라. 기름 부음이 있다면 기름 부음과 함께 흘러가는 법을 배우라.

기름 부음과 함께 협조하는 법을 배우라. 만약 당신이 사람들에게 사역을 한다면 하나님께서 당신에게 기름 부으셨다는 사실과 믿음을 혼합해야 한다. 이것이 안수의 원리이다. 전이가 존재한다. 임파테이션이 있다. 기름 부음은 취하는 것이고, 기름 부음은 주어지는 것이다.

기름 부음은 옷 안으로 스며들 수도 있다. 하나님께서는 "바울의 손으로 놀라운 능력을 행하게 하시니 심지어 사람들이 바울의 몸에서 손수건이나 앞치마를 가져다가 병든 사람에게 얹으면 그 병이 떠나고 악귀도 나가더라"(행 19:11, 12)고 말씀하고 있다. 하나님의 기름 부음은 옷 안으로 스며들어 개개인에게 들어간다.

옷의 양면에 임한 믿음

옷의 양면에 믿음을 가지고 있어야 하다. 사역을 하는 목사의 믿음과 이를 받는 개인의 믿음 모두 말이다.

열두 해를 혈루증을 앓아 온 한 여자가 있어 많은 의사에게 많은 괴로움을 받았고 가진 것도 다 허비하였으되 아무 효험이 없고 도리어 더 중하여졌던 차에 예수의 소문을 듣고 무리 가운데 끼어 뒤로 와서 그의 옷에 손을 대니 이는 내가 그의 옷에만 손을 대어도 구원을 받으리라 생각함일러라
이에 그의 혈루 근원이 곧 마르매 병이 나은 줄을 몸에 깨달으니라
예수께서 그 능력이 자기에게서 나간 줄을 곧 스스로 아시고 무리 가운데서 돌이켜 말씀하시되 누가 내 옷에 손을 대었느냐 하시니 제자들이 여짜오되 무리가 에워싸 미는 것을 보시며 누가 내게 손을 대었느냐 물으시나이까 하되 예수께서 이 일 행한 여자를 보려고 둘러보시니 여자가 자기에게 이루어진 일을 알고 두려워하여 떨며 와서 그 앞에 엎드려 모든 사실을 여쭈니 예수께서 이르시되 딸아 네 믿음이 너를 구원하였으니 평안히 가라 네 병에서 놓여 건강할지어다

마가복음 5:25-34

교회에 있는 사람 모두가 하는 말 중에 하나가 '나는 기름 부음을 받았습니다'이다. 기름 부음을 받는 것은 중요한 것이다. 그러나 기름 부음을 받으면 그 기름 부음으로 무엇을 할 것인가? 하나님께서는 당신에게 기름 부음을 주셔서 교회의 의자에 앉아서 아름답게 보이라고 기름을 부으신 것이 아니다. 하나님은 하나님나라에서 섬기도록고 기름을 부어주신 것이다. 주님은 당신을 온전케 하여 섬기게 하시며, 당신을 축복하심으로 당신이 다른 사람들을 축복할 수 있게 하신 것이다.

기름 부음과 동역하라

하나님께서 당신의 삶 가운데 행하시는 모든 것은 당신 혼자 간직하라고 주시는 것이 아니다. 당신 주변에 있는 사람들에게 주기를 원하신다. 우리는 기름 부음을 흘려보내는데 관계되는 원리를 이해해야 한다. 많은 사람들이 자신의 삶을 통해 하나님의 만지심을 받지만 어떻게 성령에 순종하며 동역해야 하는지 알지 못한다. 그들은 기름 부음을 자신으로부터 자기 주변에 있는 사람들에게 어떻게 흘려보내야 하는지 알지 못한다.

때때로 당신이 기대하지도 않았을 때, 하나님께서 역사하실 것이다. 나는 사람들을 위해 기도한다. 그리고 내가 사람들을 위해 기도할 때 일어난 일들로 인하여 놀라게 된다. 나는 사람들이 들려 오려져 마치 천 조각처럼 좌석의 세 번째 줄 뒤로 던져지는 것을 보았다. 이는 나에게 충격이었다. 매우 경외로 왔다.

한 번은 한 남자를 위해 기도했는데 하나님의 능력이 나의 어깨 위에 임했다. 그 능력은 회오리바람과 같은 것을 느꼈다. 그 회오리바람 같은 힘은 그 남자를 땅에서 들어 나의 허리 위치까지 집어 올리고는 땅바닥에 떨어지게 했다. 그는 그 힘이 오는 것을 보았고 그 오는 방향에서 몸을 굽혀 달아나려 했다. 이는 마치 번개가 그 형제를 친 것 같았다. 나는 충격을 받았다. 그 힘이 그를 쳤을 때, 앞에서 몇 줄의 사라들까지 다 뒤로 넘어졌다. 이는 마치 성령의 폭풍이 불어온 것과도 같다.

하나님 능력의 놀라운 위엄

우리는 하나님의 능력의 위엄이 나타나는 것을 보았다. 경이로운 증거들이다. 나는 항상 그랬으면 좋겠다고 생각했었다. 불행하게도 — 어쩌면 다행히도 — 그렇지 않았다. 왜냐하면 그 능력은 사람들의 믿음과 관계가 있기 때문이다. 집회에 참석하는 사람들은 모두 하나님을 향한 목마름과 갈망함이 다른 수준의 것이기 때문이다. 사람들은 기름 부음에 자신의 바람을 둔다. 많은 이들이 예수님을 만졌지만 오직 한 여인만이 믿음으로 주님을 만졌다. 그래서 집회마다 능력은 다를 것이다.

주님께서 내 마음에 감동을 주신 것 중 하나는 기름 부음이 전이 되는 것을 보여주셨다. 기름 부음의 전이가 바로 사람들에게 하나님의 능력을 보여주기 위해서 우리가 우리 집회에서 하려고 노력하는 것이다. 하나님께서 나를 사용하시는 것과 같은 동일한 방법으로 당신을 사용하지 않으실 것이다. 그러나 하나님은 다른 방법으로 당신을 사용하실 수 있다. 가정에서 자녀들에게 안수하거나, 그 외에도 많은 다른 상황에서 사용하실 수 있다. 이것을 이해하는 것은 너무나 중요하다. 그리고 이 일은 당신 자신의 힘으로 하는 것이 아니라는 것을 깨닫게 될 때, 당신은 사람들에게 사역하도록 보다 더 잘 준비되어 있을 것이다.

기름 부음에 대한 메시지
삼손 : 교회의 타입

소라 땅에 단 지파의 가족 중에 마노아라 이름하는 자가 있더라 그 아내가 임신하지 못하므로 출산하지 못하더니
여호와의 사자가 그 여인에게 나타나서 그에게 이르시되 보라 네가 본래 임신하지 못하므로 출산하지 못하였으나 이제 임신하여 아들을 낳으리니
그러므로 너는 삼가 포도주와 독주를 마시지 말지며 어떤 부정한 것을 먹지 말지니라
보라 네가 임신하여 아들을 낳으리니 그 머리 위에 삭도를 대지 말라 이 아이는 태에서 나옴으로부터 하나님께 바쳐진 나실인이 됨이라 그가 블레셋 사람의 손에서 이스라엘을 구원하기 시작하리라

사사기 13:2-5

삼손은 특별한 사역을 위해 부르심을 받았다.

삼손은 부르심을 받았고, 임명되었으며 하나님의 특별하고 독특한 기름 부음을 받았다. 삼손은 사람을 죽이는 기름 부음을 받았다. 하나님은 삼손을 주님의 백성을 구원하기 위하여 부르셨고, 보기 드문 기름 부음을 받았다. 우리는 그 전에도 후에도 이와 같은 기름 부음은 본적이 없다고 생각한다. 그 기름 부음은 하나님의 영광이 그의 위에 임하시는 독특한 기름 부음이었다. 하나님의 기름 부음 아래, 그는 인간의 자연적인 능력 밖의 크고 놀라운 일들을 할 수 있었다.

그 여인이 아들을 낳으매 이름을 삼손이라 하니라 그 아이가 자라매 여호와께서 그에게 복을 주시더니
소라와 에스다올 사이 마하네단에서 여호와의 영이 그를 움직이게 시작하였더라

사사기 13:24-25

우리는 하나님의 기름 부음이 그에게 임하는 순간 하나님의 능력 아래서 특별한 일들을 할 수 있는 것을 보게 된다.

삼손의 기름 부음의 열쇠

삼손은 포도주와 독주를 마시지 않는 나실 인의 서약을 지켜야만 했다. 그는 그의 전 생애 동안 머리를 길러야 했다. 그의 머리 위에 삭도를 댈 수 없었다.

삼손의 삶에는 그 기름 부음의 한 가지 열쇠가 있었다. 우리 각자에게는 한 가지 열쇠가 있고, 이것은 비밀스러운 것이고 개개인마다 다 다르다. 삼손의 경우는 그의 머리카락이었다. 당신의 경우는 다른 것일 수 있다. 성경은 하나님의 성령이 시간 시간마다 그 위에 운행하셨다고 말씀하신다. 성령은 일어나 하나님께서 그를 위해 예비하신 곳으로 들어가게 된다.

그의 전락의 시점으로 축소되다

삼손이 그의 위대한 사역으로 사람들에게 기억되는 것이 아니라 오히려 그의 전락으로 인하여 사람들에게 기억된다는 것은 매우 흥미롭다. 만약 우리가 길가나 백화점에서 또는 어느 곳에서든지 사람들에게 "삼손에 대해 아십니까?" 라고 물어보면 그들은 즉각적으로 이렇게 대답할 것이다. “네, 그리고 들릴라에 대해서도 알고 있어요.”

하나님의 이 위대한 사람은 그의 전락의 나락으로 떨어지게 한 그 한 사건으로 축소되었다. 이런 일은 오늘날 몇 사람의 하나님의 위대한 사람들에게도 사실로 적용된다. 만약 그들의 이름을 말한다면, 사람들은 하나님께서 그들의 사역을 통해서 행하신 모든 놀라운 일들은 잊어버리고, 즉각적으로 그들이 전락한 장소나, 시간이나, 또는 날짜로 그들을 축소시켜버릴 것이다.

그가 전락한 이후 수많은 해가 지났는데도 불구하고 그의 이야기를 아는 사람들에게 들릴라라는 여인과 관련된 이야기로 기억되고 있다. 내가 믿기로 하나님의 모든 자녀들의 삶에는 들릴라가 있다. 이는 꼭 여인일 필요는 없다. 그럼에도 불구하고 들릴라는 들릴라이다. 어떤 사람에게 이것은 교만이 될 수 있고, 성질이 될 수도 있고, 분노가 될 수도 있고, 또는 그들의 삶에 억제해야 할 어떤 부분이 될 수도 있다.

원수는 우리의 삶에서 기름 부음을 빼앗아 가기 원한다

사단은 당신의 삶에서 기름 부음을 제거하기 위해 위에서 말한 것들을 가지고 장난을 친다. 사단은 당신의 약점을 알고 6000년 이상 사람들에게 역사해 왔기 때문에 당신의 약점들을 알고 있다. 그는 어떤 단추를 눌러야 하는지 알고 있다. 그는 어떻게 하면 당신이 반응을 하는지 알고 있고, 어떻게 하면 하나님의 기름 부음이 당신의 삶에 더 이상 임하지 못하는 곳으로 걸어가도록 하는지 알고 있다. 나는 당신을 비효율적으로 만들기 원한다.

삼손이 긴 머리카락을 가지고 있는 동안은, 하나님의 기름 부음 아래 있는 동안은 그 누구도 그를 막을 수 없었다. 성문도 그에게 아무 것도 아니었다. 그는 성문을 제치고 그냥 들어갈 수 있었다. 당신이 하나님의 기름 부음 아래 거하고, 하나님의 부르심의 장소로 걸어갈 때, 그 누구도 하나님께서 당신의 삶을 위해 준비하신 것을 하지 못하게 막을 수 없다.

그러나 삼손은 그의 삶에 하나의 큰 약점을 가지고 있었다. 그는 세상을 사랑했고, 세상의 것들을 사랑했다. 당신은 하나님의 기름 부음과 세상을 동시에 가질 수 없다. 당신은 둘 다 가질 수는 없다. 사람들은 이것을 이해하지 못한다. 그들은 하나님의 기름 부음이 있는 집회에 참석하기 원하고 하나님의 능력이 역사하기 시작하는 집회에 참석하기를 원한다. 그러나 문 밖으로 걸어 나가서는 그들의 이전 모습의 삶으로 살아간다.

당신은 두 개의 왕국에서 살 수 없다

한 발은 세상에, 한 발은 하나님 나라에 두고 살 수 없다. 만일 당신이 교회 안에 앉아 있으나 양심의 가책도 없이 하나님의 자녀로서의 모범된 삶을 살지 않는다면 성령은 거기에 함께 계시지 않는다는 사실을 기억하기 바란다.

삼손은 세상과 함께 침대 위에 있었다. 비록 하나님의 기름 부음이 그의 위에 임해 있음에도 불구하고, 그의 삶 가운데 육적인 것에 대한 욕망이 더 강했다. 그는 하나님의 임재하심의 경이로움 때문에 세상과 함께 놀면서 세상과 함께 살아나갈 수 있을 것이라고 생각했다. 그리고 그는 타협하기 시작했다.

유다 사람 삼천 명이 에담 바위 틈에 내려가서 삼손에게 이르되 너는 블레셋 사람이 우리를 다스리는 줄을 알지 못하느냐 네가 어찌하여 우리에게 이같이 행하였느냐 하니 삼손이 그들에게 이르되 그들이 내게 행한 대로 나도 그들에게 행하였노라 하니라
그들이 삼손에게 이르되 우리가 너를 결박하여 블레셋 사람의 손에 넘겨주려고 이제 내려왔노라 삼손이 그들에게 이르되 너희가 친히 나를 치지 아니하겠다고 내게 맹세하라 하매
그들이 삼손에게 일러 말하여 이르되 아니라 우리가 다만 너를 단단히 결박하여 그들의 손에 넘겨 줄 뿐이요 우리가 결단코 너를 죽이지 아니하리라 하고 새 밧줄 둘로 결박하고 바위 틈에서 그를 끌어내니라
삼손이레히에 이르매 블레셋 사람들이 그에게로 마주 나가며 소리 지를 때 여호와의 영이 삼손에게 갑자기 임하시매 그 팔 위의 밧줄이 불탄 삼과 같아서 그의 결박되었던 손에서 떨어진지라
삼손이 나귀의 새 턱뼈를 보고 손을 내밀어 집어들고 그것으로 천 명을 죽이고

사사기 15:11-15

기름 부음을 가지고 장난치기

이것은 그의 삶에 임한 기름 부음을 가지고 장난치기 시작했을 때 일어난 일이다. 하나님의 기름 부음을 가지고 장난치는 것은 매우 위험하다. 그는 자신을 블레셋 사람들의 손에 맡기고는 자신을 묶은 밧줄을 쉽게 끊었다. 그는 블레셋 사람들은 조롱하고 있었으나, 실은 자신을 최후의 파멸의 자리에 올려놓은 것이었다. 그는 자신이 믿는 것과 타협하기 시작하였다. 많은 사람들이 인정받기 원하여 자신이 믿는 것과 타협한다.

삼손은 엄청난 기름 부음을 가지고 있었다. 그러나 그는 바보 같은 짓을 해서 기름 부음을 잃었다. 삼손은 자신이 하고 싶은 것은 무엇이나 하고서도 교묘히 살아나갈 수 있다고 생각했던 삶의 장소로 갔다. 내가 확신하는 바는 하나님의 사람들도 하나님께서 그들의

사역을 통해 역사하시기 때문에 그런 장소로 간다는 것이다. 기름 부음, 기사, 이적, 그리고 기적 때문에 그들은 내가 원하는 데로 무엇이든 할 수 있다, 라고 생각하는 장소로 가고 만다.

만일 하나님의 남녀종들이 이런 형편이라면, 그리스도의 몸 된 교회에 있는 일반 사람들은 오죽하겠는가? 하나님께서 일반 신자들을 조금 축복해 주셨는데, 그들이 내가 원하는 것은 무엇이나 할 수 있다, 라고 생각하는 장소로 가게 된다. 아니, 그렇게는 할 수 없다. 당신의 삶은 당신 자신의 것이 아니다. 당신은 지극히 높으신 하나님에게 속해 있다.

삼손이 가사에 가서 거기서 한 기생을 보고 그에게로 들어갔더니
가사 사람들에게 삼손이 왔다고 알려지매 그들이 곧 그를 에워싸고 밤새도록 성문에 매복하고 밤새도록 조용히 하며 이르기를 새벽이 되거든 그를 죽이리라 하였더라
삼손이 밤중까지 누웠다가 그 밤중에 일어나 성 문짝들과 두 문설주와 빗장을 빼어 가지고 그것을 모두 어깨에 메고 헤브론 앞산 꼭대기로 가니라

사사기 16:1-3

창녀와 성문들

삼손 당시의 어떤 성벽들은 매우 넓어서 그 성벽 위에서 여섯 개 또는 여덟 개의 이륜 전차(戰車)가 지나다닐 수도 있었다. 그렇다면 그 도시의 성문이 얼마나 컸을지 상상할 수 있을 것이다. 이 사나이는 방금 전 창녀와 재미를 본 후, 침대에서 일어나 성문들을 들고 유유히 걸어갔다. 그는 말하기를 "내가 너 이놈들에게 보여줄게. 여기 엎드려 나를 기다리고 있었단 말이냐. 내가 너 이놈들의 성문들을 들고 가고 있단 말이야."

이 후에 삼손이 소렉 골짜기의 들릴라라 이름하는 여인을 사랑하매
블레셋 사람의 방백들이 그 여인에게로 올라가서 그에게 이르되 삼손을 꾀어서…

사사기 16:4-5a

이것이 바로 사단이 당신에게 하기를 원하는 일이라는 것을 알기 바란다. 사단은 당신을 꾀기 원한다. 사단은 당신을 끌어당기기 원한다. 사단은 당신을 미혹하기를 원한다. 그리고 사단은 당신을 양보하는 장소로 유인함으로써 당신이 가장 약한 순간에 당신을 파멸해버릴 수 있기를 원한다.

삼손을 꾀어서 무엇으로 말미암아 그 큰 힘이 생기는지 그리고 우리가 어떻게 하면 능히 그를 결박하여 굴복하게 할 수 있을는지 알아보라 그리하면 우리가 각각 은 천 백 개씩을 네게 주리라

사사기 16:5b

원수 마귀는 기름 부음의 열쇠를 찾고 있다

들릴라가 삼손에게 말하되 청하건대 당신의 큰 힘이 무엇으로 말미암아 생기며 어떻게 하면 능히 당신을 결박하여 굴복하게 할 수 있을는지 내게 말하라 하니
삼손이 그에게 이르되 만일 마르지 아니한 새 활줄 일곱으로 나를 결박하면 내가 약해져서 다른 사람과 같으리라

사사기 16:6-7

삼손은 그들이 원하는 어떠한 것으로 그를 결박하든지 그를 잡을 수 없다는 것을 알고 있었다. 그러나 그는 다음과 같이 생각하고 있었다. 지난번 그들이 나를 결박했을 때 내가 밧줄을 끊고 나귀의 턱뼈를 취하여 일천 명을 죽였었지. 그냥 이렇게 장난을 치자. 그 놈들이 다시 나를 묶으라고 하지 뭐. 내가 그 놈들을 잠깐 동안 놀려 주고 그 놈들에게 모욕을 주어야지. 그 놈들은 나를 가지고 놀 수 있다고 생각하겠지. 나는 위대한 삼손이야. 나는 불멸의 사나이야.

그 때 블레셋 사람의 방백들이 그녀에게 그를 결박할 마르지 아니한 새 활줄 일곱을 가져왔다.

그들은 그녀가 그 침실에서 그를 결박하기만을 숨어서 기다리고 있었다. 그리고 그녀는 그에게 "삼손이여, 블레셋 사람들이 당신에게 들이 닥쳤소."하고 고함쳤다. 그러나 그는 마치 그 줄들을 불 탄 삼실이 불에 타서 끊어져 버리는 것처럼 그 활줄 일곱을 끊어버렸다. 그들은 그의 힘이 어디서 나는지 알 수 없었다.

들릴라가 삼손에게 이르되 보라 당신이 나를 희롱하여 내게 거짓말을 하였도다 청하건대 무엇으로 당신을 결박할 수 있을는지 이제는 내게 말하라 하니

사사기 16:10

사단은 당신에게 계속적으로 와서 당신의 삶 위에 부어지는 기름 부음의 열쇠가 무엇인지 찾으려고 할 것이다. 이제 기억하라. 들릴라의 그 계획을 두 번이나 실패한 것을.

당신의 삶의 절벽에서 장난을 친다

그러나 삼손은 다시 장난을 쳤다. 그는 웃기는 이야기를 만들어 내어 그들을 조롱하려 했다. 삼손이 현명하여 다음과 같이 말하는 것이 좋으리라 당신은 생각할 것이다. "아니, 나는 절벽에서 떨어지기 일보 직전에 있어요. 이제는 조심해야겠네요. 이 여인을 떠나야겠어요. 이 사람들을 떠나 하나님께서 나를 부르셔서 맡으신 일을 해야겠어요. 그리고 이 세상 분위기에 뒤엉켜 장난이나 치는 일은 그만 두기로 했어요."

그러나 그에겐 재미 좀 보는 것이 좋아 보였다. 이처럼, 사람들은 세상에서 재미 보면서 살아갈 수 있다는 생각을 가지고 있다. 그들은 신앙이 없는 관계를 유지하면서 부도덕한 친밀한 접촉을 지속해도 좋다는 생각을 하고 있다. 그들은 "이것이 내 삶에 영향을 주지는 못할 거야."라고 말한다.

아마 지금은 당신에게 영향을 주지 못할 수도 있다. 그러나 오늘로부터 2년 또는 3년 후 당신은 어떠한 사람이 되어 있을 것인가? 지금 당장 당신의 삶에 어떠한 영향을 보여 주지는 않을 수도 있다. 그러나 지금으로부터 5년 후 당신은 어디에 있을 것인가?

지금으로부터 5년 후 당신은 하나님을 향한 더 큰 열정을 가지고 있을 것인가? 만일 5년 전보다 하나님을 향한 열정을 보다 작게 가지고 있다면 지난 5년 동안 해온 일들에 변화가 필요하다. 당신은 하나님을 향한 열정을 가지고 살아가며, 성령 충만하여, 성령 안에서 거하는 자리에 임해야 한다.

그리고 삼손은 들릴라에게 만약 그들이 쓰지 아니한 새 밧줄들로 자신을 결박하면 그가 약해져서 다른 사람과 같이 될 것이라고 말했다.

들릴라가 새 밧줄을 가져다가 그것들로 그를 결박하고 그에게 이르되 삼손이여 블레셋 사람이 당신에게 들이닥쳤느니라 하니 삼손이 팔 위의 줄 끊기를 실을 끊음 같이 하였고 그때에도 사람이 방 안에 매복하였었더라

사사기 16:12

당신의 머리를 만지지 마세요

들릴라가 삼손에게 이르되 당신이 이 때까지 나를 희롱하여 내게 거짓말을 하였도다 내가 무엇으로 당신을 결박할 수 있을는지 내게 말하라 하니 삼손이 그에게 이르되 그대가 만일 나의 머리털 일곱 가닥을 베틀의 날실에 섞어 짜면 되리라 하는지라

사사기 16:13

나는 당신이 삼손이 기름 부음의 바로 그 열쇠가 되는 것을 언급하기 시작한 것을 보기 원한다. 그는 세 번 장난을 쳤지만, 이제는 그의 삶에 임한 하나님의 기름 부음의 덮개를 건드리기 시작했다. 그는 그의 비밀의 일부인 머리털을 언급하기까지 했다.

그는 그들에게 그의 머리털을 밀라고 말하지는 않았지만, 머리털 일곱 가닥을 짜라고 했다. 들릴라는 그리했다.

그 당시에는 많은 베틀이 있었다. 그들은 카펫이나 옷이나 여러 종류의 것들을 짰다. 삼손은 "머리털 일곱 가닥을 모두 베틀의 날실에 섞어 짜라. 그러면 내가 약해지리라"라고 말했다. 그가 비밀은 말하지 않았으나, 그의 삶 위에 임한 기름 부음의 바로 근원을 건드리기 시작했다.

들릴라가 바디로 그 머리털을 단단히 짜고 그에게 이르되 삼손이여 블레셋 사람들이 당신에게 들이닥쳤느니라 하니 삼손이 잠을 깨어 베틀의 바디와 날실을 다 빼어내니라 들릴라가 삼손에게 이르되 당신의 마음이 내게 있지 아니하면서 당신이 어찌 나를 사랑한다 하느냐 당신이 이로써 세 번이나 나를 희롱하고 당신의 큰 힘이 무엇으로 말미암아 생기는지 내게 말하지 아니하였도다 하며
날마다 그 말로 그를 재촉하여 조르매 삼손의 마음이 번뇌하여 죽을 지경이라

사사기 16:14-16

그녀는 여인만이 할 수 있는 일을 하였다. 그것은 땅 위의 지옥임에 틀림없었다. 잔소리, 잔소리, 잔소리, 잔소리, 잔소리. 아침, 점심, 저녁으로 말한다. "당신은 날 사랑하지 않아요."

그의 마음이 번뇌하여 죽을 지경이 된 것은 아주 나쁜 일이었다. 삼손은 죽고 싶었다. 이 사실이 삼손이 얼마나 힘들었는지 말해주고 있다. 이 여인은 계속해서 잔소리를 해댔고, 그는 죽고 싶었다. 그는 "내 마음이 번뇌하여 죽을 지경이라"고 말했다. 어떤 여인들은 이런 능력을 가지고 있다. 들릴라는 계속해서 삼손을 못살게 굴었다. 마침내 삼손은 그의 마음속에 있는 모든 것을 말해버렸다.

이것이 원수 마귀가 하기 원하는 일이다. 원수 마귀는 당신이 마음을 열고, 하나님이 주신 매우 비밀한 것들을 양보하여, 예수 그리스도를 위한 당신의 영향력을 상실하게 하는 자리로 당신이 가기를 바라고 있다.

당신의 머리를 만지지 말기를 강조한다

삼손이 진심을 드러내어 그에게 이르되 내 머리 위에는 삭도를 대지 아니하였나니 이는 내가 모태에서부터 하나님의 나실 인이 되었음이라 만일 내 머리가 밀리우면 내 힘이 내게서 떠나고 나는 약하여져서 다른 사람과 같으리라 하니라
들릴라가 삼손이 진심을 다 토함을 보고 보내어 블레셋 사람의 방백들을 불러 가로되 삼손이 내게 진정을 토하였으니 이제 한 번만 올라오라 블레셋 방백들이 손에 은을 가지고 여인에게로 올라오니라
들릴라가 삼손에게 자기 무릎을 베고 자게하고 사람을 불러 그의 머리털 일곱 가닥을 밀고 괴롭게 하여 본즉 그 힘이 없어졌더라
들릴라가 가로되 삼손이여 블레셋 사람이 당신에게 미쳤느니라 하니 삼손이 잠을 깨며 이르기를 내가 전과 같이 나가서 몸을 떨치리라 하여도

사사기 16:17-20

이처럼, 삼손은 자신의 머리가 밀렸음에도 불구하고 자신은 무적의 사람이라고 생각하는 위치에까지 도달했다. 그는 "내가 전과 같이 나가서 몸을 떨치리라."하고 생각했다.

여호와께서 이미 자기를 떠나신 줄을 깨닫지 못하였더라

사사기 16:20

기름 부음이 떠났음에도 불구하고 어떤 이들은 알아채지 못 한다

이제, 나는 이 시점에서 당신이 그 무엇인가를 보기를 원한다. 삼손은 기름 부음을 잃었으나 그 사실을 알아채지 못했다. 오늘날에도 교회 안에는 기름 부음을 잃었으나 알지 못하는 사람들이 있다. 그들은 기름 부음을 잃고도 기름 부음이 없어진 것을 알지 못하는 집사들, 장로들, 목회자들, 그리고 교인들이다.

자신들의 삶에 하나님의 기름 부음이 임해있던 사람들이 하나님의 기름 부음이 떠났음에도 불구하고 아직도 기름 부음이 있다고 착각하고 있는 것은 매우 슬픈 일이다. 기름 부음이 떠난 장소는 가장 위험한 장소 중의 하나이다.

블레셋 사람이 그를 잡아 그 눈을 빼고 끌고 가사에 내려가 놋 줄로 매고 그에게 옥에서 맷돌을 돌리게 하였더라
그의 머리털이 밀리운 후에 다시 자라기 시작하니라

사사기 16:21, 22

기름 부음을 잃은 결과

첫 번째로 삼손에게 일어났던 일은, 그의 덮개가 되었던 머리털을 잃은 것이다. 그리고 머리털을 잃자 그는 힘을 잃었다. 내가 믿기로는 그는 머리털을 잃었을 뿐 아니라 기쁨 또한 잃게 되었을 것이다. 왜냐하면 성경은 주님의 기쁨이 우리의 힘이라고 말했기 때문이다. 삼손의 머리털은 그의 힘이었다. 그는 머리털을 잃고 힘도 잃었다. 그는 대머리의 연약한 사람이었다.

두 번째로 그에게 일어났던 일은, 그는 시야를 잃게 되었다. 사람들이 그의 눈을 빼내었고, 그는 보는 능력을 잃었다. 기름 부음이 당신으로부터 떠날 때 당신은 성령을 보는 능력을 잃게 된다. 마치 장님과 같이 되어 방안을 더듬고 다닌다.

당신은 명확하게 볼 수가 없다. 어둠을 더듬고 다니며 "오 하나님, 보여주시옵소서. 보여주시옵소서"하고 울부짖는다. 그러나 당신이 볼 수 없기 때문에 어떠한 응답도 오지 않는다.

삼손은 시야를 잃었다. 그는 볼 수 있는 능력을 잃게 된 것이다. 그는 자유를 잃었다. 사람들은 그를 감금해 두었다. 그들은 그를 쇠줄로 묶어놓았다. 그리고 그들은 그를 당나귀가 하는 일을 하게 만들었다. 당신이 기름 부음을 잃을 때 당신은 당나귀와 같이 된다. 그가 하는 일은 맷돌을 돌리는 일이었다. 상황이 얼마나 어려워졌는가.

당나귀가 하는 일을 하다

기름 부음이 없을 때 맷돌을 한 번 더 돌려야 한다. 당신의 삶은 맷돌 가는 자가 되고, 당신은 당나귀가 하는 일을 하게 된다. 그 일은 계속 반복해야 한다. 거기에는 어떠한 흥분도, 기쁨도, 힘도 없다. "나는 계속 돌고, 돌기만 해. 이전과 같이 볼 수가 없어. 이전과 같은 자유도 없단 말이야."

당신이 기름 부음을 잃을 때, 세상은 당신을 조롱할 수 있는 능력을 가지게 되고, 그들은 지금 이 순간에도 교회를 조롱하고 있다. 그들은 하나님의 집을 향해 조롱한다. 그들은 하나님의 남자와 여자들을 조롱하고 있다.

내게 다시 한 번 기름 부으소서

이제 블레셋 사람들은 축제를 벌이고 있었다. 세상은 지금 축제를 벌이고 있다. 그러나 그들은 흥청거리며 즐기는 시간, 축제의 시간은 엄청난 패배의 시간이 될 것이다.

블레셋 사람들이 무엇을 했는지 아는가? 그들은 축제를 열어 "그 대머리의 장님을 데리고 오라. 우리가 그를 조롱하리라"하고 말했다.

삼손이 약할 때에, 그는 자신의 삶에 임한 기름 부음을 기억하고, 자신의 사역을 궁극적으로 성취하기 위해서 기도했다. 그러나 그의 사역을 이루는 방법이 얼마나 험악했는가. 그는 이방인의 신당에서 허리를 굽히고 두 기둥을 잡아 당겼다. 신당 전체가 무너졌다. 그가 죽을 때에 죽인 자들이 살았을 때에 죽인 자들보다 더욱 많았다.

삼손은 궁극적으로 자신의 사역을 성취했다. 기름 부음이 다시 그에게로 돌아왔다. 그러나 당신의 삶 위에 임한 하나님의 부르심을 궁극적으로 성취하는 방법이 얼마나 험악했는가. 우리의 눈으로 이를 이루자. 우리의 머리털을 지키자. 그리고 우리 자신을 양보하는 자리에 두지 말자.

당신의 '들릴라'는 당신의 친구가 될 수도 있다. 아마도 당신은 신앙 없는 친구들과 어울릴 수도 있다. 당신의 '들릴라'는 다른 것일 수도 있다. 이는 사람마다 다르다. 이 '들릴라'가 당신을 죽이기 전에 당신은 이를 다룰 줄 알아야 한다. 사단이 당신의 기름 부음을 빼앗아가도록 내버려두지 말라. 당신의 삶에 임한 하나님의 만지심을 간직하기 위해서는 최선을 다하라.

기름 부음에 관한 성경 구절

1. 기름 부음

너는 그것들로 네 형 아론과 그와 함께 한 그의 아들들에게 입히고 그들에게 기름을 부어 위임하고 거룩하게 하여 그들이 제사장 직분을 내게 행하게 할지며

출애굽기 28:41

관유를 가져다가 그의 머리에 부어 바르고

출애굽기 29:7

매일 수송아지 하나로 속죄하기 위하여 속죄제를 드리며 또 제단을 위하여 속죄하여 깨끗하게 하고 그것에 기름을 부어 거룩하게 하라

출애굽기 29:36

너는 그것을 회막과 증거궤에 바르고

출애굽기 30:26

너는 아론과 그의 아들들에게 기름을 발라 그들을 거룩하게 하고 그들이 내게 제사장 직분을 행하게 하고

출애굽기 30:30

또 관유를 가져다가 성막과 그 안에 있는 모든 것에 발라 그것과 그 모든 기구를 거룩하게 하라 그것이 거룩하리라

출애굽기 40:9

너는 또 번제단과 그 모든 기구에 발라 그안을 거룩하게 하라 그 단이 지극히 거룩하리라

출애굽기 40:10

너는 또 물두멍과 그 받침에 발라 거룩하게 하고

출애굽기 40:11

아론에게 거룩한 옷을 입히고 그에게 기름을 부어 거룩하게 하여 그를 내게 제사장의 직분을 행하게 하라

출애굽기 40:13

그 아버지에게 기름을 부음 같이 그들에게도 부어서 그들이 내게 제사장의 직분을 행하게 하라 그들이 기름 부음을 받았은즉 대대로 영영히 제사장이 되리라 하시매

출애굽기 40:15

기름 부음을 받고 위임되어 자기의 아비를 대신하여 제사장의 직분을 행하는 제사장은 속죄하되 세마포 옷 곧 거룩한 옷을 입고

레위기 16:32

네 모든 경내에 감람나무가 있을지라도 그 열매가 떨어지므로 그 기름을 네 몸에 바르지 못할 것이며

신명기 28:40

하루는 나무들이 나가서 기름을 부어 자신들 위에 왕을 삼으려 하여

감람나무에게 이르되 너는 우리 위에 왕이 되라 하매

사사기 9:8

가시나무가 나무들에게 이르되 만일 너희가 참으로 내게 기름을 부어 너희 왕을 삼겠거든 와서 내 그늘에 피하라 그리하지 아니하면 불이 가시나무에서 나와서 레바논의 백향목을 사를 것이니라 하였느니라

사사기 9:15

그런즉 너는 목욕하고 기름을 바르고 의복을 입고 타작마당에 내려가서 그 사람이 먹고 마시기를 다 하기까지는 그에게 보이지 말고

룻기 3:3

내일 이맘 때에 내가 베냐민 땅에서 한 사람을 네게 보내리니 너는 그에게 기름을 부어 내 백성 이스라엘의 지도자를 삼으라 그가 내 백성을 블레셋 사람들의 손에서 구원하리라 내 백성의 부르짖음이 내게 상달되었으므로 내가 그들을 돌보았노라 하셨더니

사무엘상 9:16

사무엘이 사울에게 이르되 여호와께서 나를 보내어 왕에게 기름을 부어 그의 백성 이스라엘 위에 왕을 삼으셨은즉 이제 왕은 여호와의 말씀을 들으소서

사무엘상 15:1

이새를 제사에 청하라 내가 너의 행할 일을 가르치리니 내가 네게 알게 하는 자에게 나를 위하여 기름을 부을지니라

사무엘상 16:3

이에 보내어 그를 데려오매 그의 빛이 붉고 눈이 빼어나고 얼굴이 아름답더라 여호와께서 이르시되 이가 그니 일어나 기름을 부으라 하시는지라

사무엘상 16:12

드고아에 보내어 거기서 지혜로운 여인 하나를 데려다가 이르되 청하건대 너는 상주가 된 것처럼 상복을 입고 기름을 바르지 말고 죽은 사람을 위하여 오래 슬퍼하는 여인 같이 하고

사무엘하 14:2

거기서 제사장 사독과 선지자 나단은 그에게 기름을 부어 이스라엘 왕으로 삼고 너희는 뿔나팔을 불며 솔로몬 왕은 만세수를 하옵소서 하고

열왕기상 1:34

여호와께서 그에게 이르시되 너는 네 길을 돌이켜 광야를 통하여 다메섹에 가서 이르거든 하사엘에게 기름을 부어 아람의 왕이 되게 하고

열왕기상 19:15

너는 또 님시의 아들 예후에게 기름을 부어 이스라엘의 왕이 되게 하고 또 아벨므홀라 사밧의 아들 엘리사에게 기름을 부어 너를 대신하여 선지자가 되게 하라

열왕기상 19:16

그들이 식탁을 베풀고 파수꾼을 세우고 먹고 마시도다 너희 고관들아 일어나 방패에 기름을 바를지어다

이사야 21:5

네 백성과 네 거룩한 성을 위하여 일흔 이레를 기한으로 정하였나니 허물이 그치며 죄가 끝나며 죄악이 용서되며 영원한 의가 드러나며 환상과 예언이 응하며 또 지극히 거룩한 자가 기름 부음을 받으리라

다니엘 9:24

세 이레가 차기까지 좋은 떡을 먹지 아니하며 고기와 포도주를 입에 대지 아니하며 또 기름을 바르지 아니 하니라

다니엘 10:3

대접으로 포도주를 마시며 귀한 기름을 몸에 바르면서 요셉의 환난에 대하여는 근심하지 아니하는 자로다

아모스 6:6

네가 씨를 뿌려도 추수하지 못할 것이며 감람 열매를 밟아도 기름을 네 몸에 바르지 못할 것이며 포도를 밟아도 술을 마시지 못하리라

미가 6:15

너는 금식할 때에 머리에 기름을 바르고 얼굴을 씻으라

마태복음 6:17

그는 힘을 다하여 내 몸에 향유를 부어 내 장례를 미리 준비하였느니라

마가복음 14:8

안식일이 지나매 막달라 마리아와 야고보의 어머니 마리아와 또 살로메가 가서 예수께 바르기 위하여 향품을 사다 두었다가 너는 내 머리에 감람유도 붓지 아니하였으되 저는 향유를 내 발에 부었느니라

누가복음 7:46

내가 너를 권하노니 내게서 불로 연단한 금을 사서 부요하게 하고 흰 옷을 사서 입어 벌거벗은 수치를 보이지 않게 하고 안약을 사서 눈에 발라 보게 하라

요한계시록 3:18

2. 기름 부음 받음

무교병과 기름 섞인 무교 과자와 기름 바른 무교 전병을 모두 고운 밀가루로 만들고

출애굽기 29:2

아론의 성의는 아론의 후에 아들들에게 돌릴지니 그들이 그것을 입고 기름 부음으로 위임을 받을 것이며

출애굽기 29:29

네가 화덕에 구운 것으로 소제의 예물을 드리려거든 고운 가루에 기름을 섞어 만든 무교병이나 기름을 바른 무교전병을 드릴 것이요

레위기 2:4

만일 기름 부음을 받은 제사장이 범죄하여 백성으로 죄얼을 입게 하였으면 그 범한 죄를 인하여 흠 없는 수송아지로 속죄제물을 삼아 여호와께 드릴지니

레위기 4:3

기름 부음을 받은 제사장은 그 수송아지의 피를 가지고 회막에 들어가서

레위기 4:5

기름 부음을 받은 제사장은 그 수송아지의 피를 가지고 회막에 들어가서

레위기 4:16

아론과 그 자손이 기름 부음을 받는 날에 여호와께서 드릴 예물은 이러하니라 고운 가루에 십분의 일을 항상 드리는 소제물로 삼아 그 절반은 아침에, 절반은 저녁에 드리되

레위기 6:20

이 소제는 아론의 자손 중 기름 부음을 받고 그를 이어 제사장 된 자가 드릴 것이요 영원한 규례로 여호와께 온전히 불사를 것이니

레위기 6:22

만일 그것을 감사함으로 드리려면 기름 섞은 무교병과 기름 바른 무교전병과 고운 가루에 기름 섞어 구운 과자를 그 감사제물과 함께 드리고

레위기 7:12

곧 그들에게 기름 부은 날에 여호와께서 명하사 이스라엘 자손 중에서 그들에게 돌리게 하신 것이라 대대로 영원히 받을 소득이니라

레위기 7:36

모세가 관유를 가져다가 장막과 그 안에 있는 모든 것에 발라 거룩하게 하고

레위기 8:10

또 단에 일곱 번 뿌리고 또 그 단과 그 모든 기구와 물두멍과 그 받침에 발라 거룩하게 하고

레위기 8:11

또 관유를 아론의 머리의 머리에 부어 발라 거룩하게 하고

레위기 8:12

이는 아론의 아들들의. 이름이며 그들은 기름을 발리우고 거룩히 구별되어 제사장 직분을 위임 받은 제사장들이라

민수기 3:3

무교병 한 광주리와 고운 가루에 기름 섞은 과자들과 기름 바른 무교전병들과 그 소제물과 전제물을 드릴 것이요

민수기 6:15

모세가 장막 세우기를 끝내고 그것에 기름을 발라 거룩히 구별하고 또

모든 기구와 단과 그 모든 기구에 기름을 발라 거룩히 구별한 날에

민수기 7:1

제단에 기름을 바르던 날에 지휘관들이 단의 봉헌을 위하여 헌물을 가져다가 그 헌물을 제단 앞에 드리니라

민수기 7:10

이는 곧 제단에 기름 바르던 날에 이스라엘 지휘관들이 드린 바 단의 봉헌물이라 은 쟁반이 열둘이요 은 바리가 열둘이요 금 숟가락이 열둘이니

민수기 7:84

화목제물로 수소가 스물네 마리요 숫양이 육십 마리요 숫염소가 육십 마리요 일 년 된 어린 숫양이 육십 마리라 이는 제단에 기름 바른 후에 드린 바 제단의 봉헌물이었더라

민수기 7:88

피를 보복하는 자의 손에서 살인자를 건져내어 그가 피하였던 도피성으로 돌려보낼 것이요 그는 거룩한 기름 부음을 받은 대제사장이 죽기까지 거기 거주할 것이니라

민수기 35:25

여호와를 대적하는 자는 산산이 깨어질 것이라 하늘에서 우레로 그들을 치시리로다 여호와께서 땅 끝까지 심판을 내리시고 자기 왕에게 힘을 주시며 자기의 기름 부음을 받은 자의 뿔을 높이시리로다

사무엘상 2:10

내가 나를 위하여 충실한 제사장을 일으키리니 그 사람은 내 마음, 내 뜻대로 행할 것이라 내가 그를 위하여 견고한 집을 세우리니 그가 나

의 기름 부음을 받은 자 앞에서 영구히 행하리라

사무엘상 2:35

이에 사무엘이 기름병을 가져다가 사울의 머리에 붓고 입 맞추며 이르되 여호와께서 네게 기름을 부으사 그의 기업의 지도자로 삼지 아니하셨느냐

사무엘상 10:1

내가 여기 있나니 여호와 앞과 그의 기름 부음을 받은 자 앞에서 내게 대하여 증언하라 내가 누구의 소를 취하였느냐 뉘 나귀를 취하였느냐 누구를 속였느냐 누구를 압제하였느냐 내 눈을 흐리게 하는 뇌물을 누구의 손에서 받았느냐 그리하였으면 내가 그것을 너희에게 갚으리라 하니

사무엘상 12:3

사무엘이 백성에게 이르되 너희가 내 손에서 아무것도 찾아낸 것이 없음을 여호와께서 너희에게 대하여 증언하시며 그의 기름 부음을 받은 자도 오늘 증언하느니라 그들이 이르되 그가 증언하시나이다 하니라

사무엘상 12:5

사무엘이 이르되 왕이 스스로 작게 여길 그 때에 이스라엘 지파의 머리가 되지 아니하셨나이까 여호와께서 왕에게 기름을 부어 이스라엘 왕을 삼으시고

사무엘상 15장 17절

그들이 오매 사무엘이 엘리압을 보고 마음에 이르기를 여호와의 기름 부으실 자가 고연 그 앞에 있도다 하였더니

사무엘상 16:6

사무엘이 기름 뿔병을 취하여 그의 형제 중에서 그에게 부었더니 이

날 이후로 다윗이 여호와의 영에게 크게 감동되니라 사무엘이 떠나서 라마로 가니라

사무엘상 16:13

자기 사람들에게 이르되 내가 손을 들어 여호와의 기름 부음을 받은 내 주를 치는 것은 여호와께서 금하시는 것이니 그는 여호와의 기름 부음을 받은 자가 됨이니라 하고

사무엘상 24:6

오늘 여호와께서 굴에서 왕을 내 손에 넘기신 것을 왕이 아셨을 것이니이다 혹은 나를 권하여 왕을 죽이라 하였으나 내가 왕을 아껴 말하기를 나는 내 손을 들어 내 주를 해하지 아니하리니 그는 여호와의 기름 부음을 받은 자가 됨이니라 하였나이다

사무엘상 24:10

다윗이 아비새에게 이르되 죽이지 말라 누구든지 손을 들어 여오와의 기름 부음 받은 자를 치면 죄가 없겠느냐 하고

사무엘상 26:9

내가 손을 들어 여호와의 기름 부음 받은 자를 치는 것을 여호와께서 금하시나니 너는 그의 머리 곁에 있는 창과 물병만 가지고 가자 하고

사무엘상 26:11

네 행한 이 일이 옳지 못하도다 여호와께서 살아 계심은 두고 맹세하오니 여호와의 기름 부음 받은 너희 주를 보호하지 아니하였으니 너희는 마땅히 죽을 자이니라 이제 왕의 창과 왕의 머리 곁에 있던 물병이 어디 있나 보라 하니

사무엘상 26:16

여호와께서 사람에게 그의 공의와 신실을 갚으시리니 이는 여호와께서

오늘날 왕을 내 손에 붙이셨으되 나는 손을 들어 여호와의 기름 부음을 받은 자 치기를 원하지 아니하였음이니이다

사무엘상 26:23

다윗이 그에게 이르되 네가 어찌하여 손을 들어 여호와의 기름 부음 받은 자 죽이기를 두려워하지 아니하였느냐 하고

사무엘하 1:14

다윗이 그에게 이르기를 네 피가 네 머리로 돌아갈지어다 네 입이 네게 대하여 증거 하기를 내가 여호와의 기름 부음 받은 자를 죽였노라 함이니라 하였더라

사무엘하 1:16

길보아 산들아 너희 위에 이슬과 비가 내리지 아니하며 제물 낼 밭도 없을지어다 거기서 두 용사의 방패가 버린 바 됨이니라 곧 사울의 방패가 기름 부음을 받지 않음 같이 됨이로다

사무엘하 1:21

유다 사람들이 와서 거기서 다윗에게 기름을 부어 유다 족속의 왕으로 삼았더라 어떤 사람이 다윗에게 말하여 이르되 사울을 장사한 사람은 길르앗 야베스 사람들이니이다 하매

사무엘하 2:4

이제 너희는 손을 강하게 하고 담대히 할지어다 너희 주 사울이 죽었고 또 유다 족속이 내게 기름을 부어 저희의 왕을 삼았음이니라 하니라

사무엘하 2:7

내가 기름 부음을 받은 왕이 되었으나 오늘 약하여서 스루야의 아들인

이 사람들을 제어하기가 너무 어려우니 여호와는 악행한 자에게 그 악한 대로 갚으실지로다 하니라

사무엘하 3:39

이에 이스라엘 모든 장로가 헤브론에 이르러 왕에게 나아오매 다윗 왕이 헤브론에서 여호와 앞에 그들과 언약을 맺으매 그들이 다윗에게 기름을 부어 이스라엘 왕으로 삼으니라

사무엘하 5:3

이스라엘이 다윗에게 기름을 부어 이스라엘 왕으로 삼았다 함을 블레셋 사람이 듣고 다윗을 찾으러 다 올라오매 다윗이 듣고 요새로 나가니라

사무엘하 5:17

나단이 다윗에게 이르되 당신이 그 사람이라 이스라엘의 하나님 여호와께서와 같이 이르시기를 내가 너를 이스라엘 왕으로 삼기 위하여 네게 기름을 붓기 위하여, 너를 사울의 손에서 구원하고

사무엘하 12:7

다윗이 땅에서 일어나 몸을 씻고 기름을 바르고 의복을 갈아입고 여호와의 전에 들어가서 경배하고 왕궁으로 돌아와 명령하여 음식을 그 앞에 차리게 하고 먹은지라

사무엘하 12:20

우리가 기름을 부어 우리를 다스리게 한 압살롬은 싸움에 죽었거늘 이제 너희가 어찌하여 왕을 도로 모셔 올 일에 잠잠하고 있느냐 하니라

사무엘하 19:10

스루야의 아들 아비새가 대답하여 이르되 시므이가 여호와의 기름 부

으신 자를 저주하였으니 그로 인하여 죽어야 마땅치 아니하니이까 하니라

사무엘하 19:21

여호와께서 그 왕에게 큰 구원을 주시며 기름 부음 받은 자에게 인자를 베푸심이여 영원토록 다윗과 그 후손에게로다 하였더라

사무엘하 22:51

이는 다윗의 마지막 말이라 이새의 아들 다윗이 말함이여 높이 올리운 자, 야곱의 하나님에게 기름 부음 받은 자, 이스라엘의 노래 잘 하는 자가 말하도다

사무엘하 23:1

제사장 사독이 성막 가운데에서 기름 담은 뿔을 가져다가 솔로몬에게 기름을 부으니 이에 뿔나팔을 불고 모든 백성이 솔로몬 왕은 만세수를 하옵소서 하니라

열왕기상 1:39

제사장 사독과 선지자 나단이 기혼에서 기름을 부어 왕으로 삼고 무리가 그곳에서 올라오며 즐거워하므로 성읍이 진동하였나니 당신들에게 들린 소리가 이것이라

열왕기상 1:45

솔로몬이 기름 부음을 받고 그의 아버지를 이어 왕이 되었다 함을 두로 왕 히람이 듣고 그의 신하들을 솔로몬에게 보냈으니 이는 히람이 평생에 다윗을 사랑하였음이라

열왕기상 5:1

기름병을 가지고 그의 머리에 부으며 이르기를 여호와의 말씀이 내가

네게 기름을 부어 이스라엘 왕을 삼노라 하셨느니라 하고 곧 문을 열고 도망하되 지체하지 말지니라 하니

열왕기하 9:3

예후가 일어나 집으로 들어가니 소년이 그의 머리에 기름을 부으며 그에게 이르되 이스라엘 하나님 여호와의 말씀이 내가 네게 기름을 부어 여호와의 백성 곧 이스라엘의 왕으로 삼노니

열왕기하 9:6

무리가 이르되 당치 아니한 말이라 청하건대 그대는 우리에게 이르라 하니 대답하되 그가 이리 이리 내게 말하여 이르기를 여호와의 말씀이 내가 네게 기름을 부어 이스라엘 왕으로 삼는다 하셨다 하더라 하는지라

열왕기하 9:12

여호야다가 왕자를 인도하여 내어 왕관을 씌우며 율법 책을 주고 기름을 부어 왕으로 삼으매 무리가 박수하며 왕의 만세를 부르니라

열왕기하 11:12

신복들이 그의 시체를 병거에 싣고 므깃도에서 예루살렘으로 돌아와 그의 무덤에 장사하니 백성들이 요시야의 아들 여호아하스를 데려다가 그에게 기름을 붓고 그의 아버지를 대신하여 왕으로 삼았더라

열왕기하 23:30

이에 이스라엘 모든 장로가 헤브론에 있는 왕에게로 나아가니 헤브론에서 다윗이 그들과 여호와 앞에 언약을 맺으매 그들이 다윗에게 기름을 부어 이스라엘 왕으로 삼으니 여호와께서 사무엘로 전하신 말씀대로 되었더라

역대상 11:3

다윗이 기름 부음을 받아 온 이스라엘의 왕이 되었다 함을 블레셋 사

람이 듣고 모든 블레셋 사람들이 다윗을 찾으러 올라오매 다윗이 대항하러 나갔으나

역대상 14:8

이르시기를 나의 기름 부은 자에게 손을 대지 말며 나의 선지자를 해하지 말라 하셨도다

역대상 16:22

여호와 하나님이여 주의 기름 부음 받은 자에게서 얼굴을 돌리지 마시옵시고 주의 종 다윗에게 베푸신 은총을 기억하옵소서 하였더라

역대하 6:42

아하시야가 요람에게 가므로 해를 입었으니 이는 하나님께로 말미암은 것이라 아하시야가 갔다가 요람과 함께 나가서 님시의 아들 예후를 맞았으니 그는 여호와께서 기름을 부으시고 아합의 집을 멸하게 하신 자더라

역대하 22:7

무리가 왕자를 인도하여 내어 면류관을 씌우며 율법 책을 주고 세워 왕으로 삼을 새 여호야다와 그의 아들들이 그에게 기름을 붓고 이르기를 왕이여 만세수를 누리소서 하니라

역대하 23:11

이 위에 이름이 기록된 자들이 일어나서 포로를 맞고 노략하여 온 중에서 옷을 가져다가 벗은 자들에게 입히며 신을 신기며 먹이고 마시게하며 기름을 바르고 그 약한 자들은 모두 나귀에 태워 데리고 종려나무 성 여리고에 이르러 그 형제에게 돌려 후에 사마리아로 돌아갔더라

역대하 28:15

세상의 군왕들이 나서며 관원들이 서로 꾀하여 여호와의 그의 기름 받

은 자를 대적하며

시편 2:2

여호와께서 그 왕에게 큰 구원을 주시며 기름 부음 받은 자에게 인자를 베푸심이여 영영토록 다윗과 그 후손에게로다

시편 18:50

여호와께서 자기에게 기름 부음 받은 자를 구원하시는 줄 이제 내가 아노니 그의 오른손의 구원하는 힘으로 그의 거룩한 하늘에서 그에게 응답하시리로다

시편 20:6

여호와는 그들의 힘이시오 그 기름 부음 받은 자의 구원의 요새이시로다

시편 28:8

왕은 정의를 사랑하고 악을 미워하시니 그러므로 하나님 곧 왕의 하나님이 즐거움의 기름으로 왕에게 부어 왕의 동료보다 뛰어나게 하셨나이다

시편 45:7

우리 방패이신 하나님이여 주께서 기름 부으신 자의 얼굴을 살펴보옵소서

시편 84:9

내가 내 종 다윗을 찾아내어 나의 거룩한 기름으로 부었도다

시편 89:20

그러나 주께서 주의 기름 부음 받은 자를 노하사 물리치셔서 버리셨으며

시편 89:38

여호와여 이 비방은 주의 원수가 주의 기름 부음 받은 자의 행동을 비방한 것이로소이다

시편 89:51

그러나 주께서 내 뿔을 들소의 뿔 같이 높이셨으며 내게 신선한 기름을 부으셨나이다

시편 92:10

이르시기를 나의 기름 부은 자를 손대지 말며 나의 선지자를 해하지 말라하셨도다

시편 105:15

주의 종 다윗을 위하여 주의 기름 받은 자의 얼굴을 외면하지 마옵소서

시편 132:10

내가 거기서 다윗에게 뿔이 나게 할 것이라 내가 내 기름 부음 받은 자를 위하여 등을 준비하였도다

시편 132:17

여호와께서 그의 기름 부음을 받은 고레스에게 말씀하시되 내가 그의 오른손을 붙들고 그 앞에 열국을 항복하게 하며 내가 왕들의 허리를 풀어 그 앞에 문들을 열고 성문들이 닫히지 못하게 하리라

이사야 45:1

주 여호와의 영이 내게 내리셨으니 이는 여호와께서 내게 기름을 부으사 가난한 자에게 아름다운 소식을 전하게 하려 하심이라 나를 보내사 마음이 상한 자를 고치며 포로 된 자에게 자유를, 갇힌 자에게 놓임을 선포하며

이사야 61:1

우리의 콧김 곧 여호와께서 기름 부으신 자가 그들의 함정에 빠졌음이여 우리가 그를 가리키며 전에 이르기를 우리가 그의 그늘 아래에서 이방인들 중에 살겠다 하던 자로다

예레미야애가 4:20

내가 물로 네 피를 씻어 없애고 네게 기름을 바르고

에스겔 16:9

너는 기름 부음을 받고 지키는 그룹임이여 내가 너를 세우매 네가 하나님의 성산에 있어서 불타는 돌들 사이에 왕래하였도다

에스겔 28:14

주께서 주의 백성을 구원하시려고, 기름 부음 받은 자를 구원하시려고 나오사 악인의 집의 머리를 치시며 그 기초를 바닥까지 드러내셨나이다(셀라)

하박국 3:13

이르되 이는 기름 부음 받은 자 둘이니 온 세상의 주 앞에 서 있는 자니라 하더라

스가랴 4:14

많은 귀신을 쫓아내며 많은 병인에게 기름을 발라 고치더라

마가복음 6:13

주의 성령이 내게 임하셨으니 이는 가난한 자에게 복음을 전하게 하시려고 내게 기름을 부으시고 나를 보내사 포로 된 자에게 자유를, 눈 먼 자에게 다시 보게 함을 전파하며 눌린 자를 자유케 하고

누가복음 4:18

예수의 뒤로 그 발 곁에 서서 울며 눈물로 그 발을 적시고 자기 머리털

로 씻고 그 발에 입맞추고 향유를 부으니

누가복음 7:38

너는 내 머리에 감람유도 붓지 아니하였으되 그는 향유를 내 발에 부었느니라

누가복음 7:46

이 말씀을 하시고 땅에 침을 뱉어 진 흙을 이겨 그의 눈에 바르시고

요한복음 9:6

대답하되 예수라 하는 그 사람이 진 흙을 이겨 내 눈에 바르고 나더러 실로암에 가서 씻으라 하기에 가서 씻었더니 보게 되었노라

요한복음 9:11

이 마리아는 향유를 주께 붓고 머리털로 주의 발을 닦던 자요 병든 나사로는 그의 오라버니러라

요한복음 11:2

마리아는 지극히 비싼 향유 곧 순전한 나드 한 근을 가져다가 예수의 발에 붓고 자기 머리털로 그의 발을 닦으니 향유 냄새가 집에 가득하더라

요한복음 12:3

과연 헤롯과 본디오 빌라도는 이방인과 이스라엘 백성과 합세하여 하나님께서 기름 부으신 거룩한 종 예수를 거슬러

사도행전 4:27

하나님이 나사렛 예수에게 성령과 능력을 기름 붓듯 하셨으매 그가 두루 다니시며 착한 일을 행하시고 마귀에게 눌린 모든 사람을 고치셨으

니 이는 하나님이 함께 하셨음이라

사도행전 10:38

우리를 너희와 함께 그리스도 안에서 굳건하게 하시고 우리에게 기름을 부으신 이는 하나님이시니

고린도후서 1:21

주께서 의를 사랑하시고 불법을 미워하였으니 그러므로 하나님 곧 주의 하나님이 즐거움의 기름을 주께 부어 주를 동류들보다 뛰어나게 하셨도다 하였고

히브리서 1:9

기름부어지고 있음

등유와 관유에 드는 향료와 분향할 향을 만들 향품과

출애굽기 25:6

관유를 가져다가 그의 머리에 부어 바르고

출애굽기 29:7

제단 위의 피와 관유를 가져다가 아론과 그 옷과 그 아들들과 그 아들들의 옷에 뿌리라 그와 그의 옷과 그의 아들들과 그의 아들들의 옷이 거룩하리라

출애굽기 29:21

그것으로 거룩한 관유를 만들되 향을 제조하는 법대로 향기름을 만들지니 그것이 거룩한 관유가 될지라

출애굽기 30:25

이스라엘 자손에게 말하여 이르기를 이것은 너희 대대로 내게 거룩한 관유니

출애굽기 30:31

관유와 성소의 향기로운 향이라 무릇 내가 네게 명령한 대로 그들이 만들지니라

출애굽기 31:11

등유와 및 관유에 드는 향품과 분향할 향을 만드는 향품과

출애굽기 35:8

분향단과 그 채와 관유와 분향할 향품과 성막 문의 휘장과

출애굽기 35:15

등불과 관유와 분향할 향에 소용되는 기름과 향품을 가져왔으니

출애굽기 35:28

거룩한 관유와 향품으로 정결한 향을 만들었으되 향을 만드는 법대로 하였더라

출애굽기 37:29

금 제단과 관유와 향기로운 향과 장막 휘장 문과

출애굽기 39:38

또 관유를 가져다가 성막과 그 안에 있는 모든 것에 발라 그것과 그 모든 기구를 거룩하게 하라 그것이 거룩하리라

출애굽기 40:9

그 아버지에게 기름을 부음 같이 그들에게도 부어서 그들이 내게 제사

장의 직분을 행하게 하라 그들이 기름 부음을 받았은즉 영영히 제사장이 되리라 하시매

출애굽기 40:15

이는 여호와의 화제물 중에서 아론에게 돌릴 것과 그 자손들에게 돌릴 것이니 그들을 세워 여호와의 제사장의 직분을 행하게 한 날

레위기 7:35

너는 아론과 그의 아들들과 함께 그 의복과 관유와 속제제의 숫송아지와 숫양 두 마리와 무교병 한 광주리를 가지고

레위기 8:2

모세와 관유를 가져다가 성막과 그 안에 있는 모든 것에 발라 거룩하게 하고

레위기 8:10

또 관유를 아론의 머리에 붓고 그에게 발라 거룩하게 하고

레위기 8:12

모세가 관유와 제단 위의 피를 가져다가 아론과 그 옷과 그의 아들들과 그의 아들들의 옷에 뿌려서 아론과 그의 옷과 그의 아들들과 그의 아들들의 옷을 거룩하게 하고

레위기 8:30

여호와의 관유가 너희에게 있은즉 너희는 회막 문에 나가지 말라 그리하면 죽음을 면하리라 그들이 모세의 말대로 하니라

레위기 10:7

자기의 형제 중 관유로 부음을 받고 위임되어 그 예복을 입은 대제사

장은 그의 머리를 풀지 말며 그 옷을 찢지 말며

레위기 21:10

그 성소에서 나오지 말며 그의 하나님의 성소를 속되게 하지 말라 이는 하나님께서 성별하신 관유가 그 위에 있음이니라 나는 여호와이니라

레위기 21:12

제사장 아론의 아들 엘르아살이 맡을 것은 등유와 태우는 향과 항상 드리는 소제물과 관유이며 또 장막 전체와 그 중에 있는 모든 것과 성소와 그 모든 기구니라

민수기 4:16

여호와께서 또 아론에게 이르시되 보라 내가 내 거제물 곧 이스라엘 자손의 거룩하게 한 모든 헌물을 너로 주관하게 하고 네가 기름 부음을 받았음으로 말미암아 그것을 너와 네 아들들에게 영구한 몫의 음식으로 주노라

민수기 18:8

그 날에 그의 무거운 짐이 네 어깨에서 떠나고 그의 멍에가 네 목에서 벗어지되 기름진 까닭에 멍에가 부러지리라

이사야 10:27

너희 중에 병든 자가 있느냐 그는 교회의 장로들을 청할 것이요 그들은 주의 이름으로 기름을 바르며 위하여 기도할지니라

야고보서 5:14

너희는 주께 받은 바 기름 부음이 너희 안에 거하나니 아무도 너희를 가르칠 필요가 없고 오직 그의 기름 부음이 모든 것을 너희에게 가르치며 또 참되고 거짓이 없으니 너희를 가르치신 그대로 주 안에 거하라

요한1서 2:27

하나님의 만지심(The Touch of God)

2014년 02월 28일 인쇄
2014년 02월 28일 발행

지은이 로드니 하워드 브라운
옮긴이 예 영 수
펴낸이 김 용 성
펴낸곳 지성문화사
등 록 제5-14호(1976. 10. 21)
주 소 서울 동대문 신설동 117-8 예일빌딩
전 화 02)2236-0654, 2236-5554
팩 스 02)2236-0655, 2236-2953